우리 학교 작은 도서관 2층집

# 백석, 외롭고 높고 쓸쓸한

초판 1쇄 펴낸날  2014년 4월 13일
초판 7쇄 펴낸날  2020년 11월 9일

지은이 | 소래섭
펴낸이 | 홍지연
기획 | 김주환
편집 | 김영숙 소이언 정아름 김선현
일러스트 | 박정은
표지디자인&아트디렉팅 | 정은경디자인
디자인 | 남희정 박태연
영업 | 이주은
홍보 | 최은 위세윤
관리 | 김세정
인쇄 | 신화

펴낸곳 | ㈜우리학교
등록 | 제313-2009-26호 (2009년 1월 5일)
주소 | 03992 서울시 마포구 동교로23길 32 2층
전화 | 02-6012-6094
팩스 | 02-6012-6092
홈페이지 | www.woorischool.co.kr
이메일 | woorischool@naver.com

ISBN 978-89-94103-69-3 44800
      978-89-94103-59-4(세트)

# 백석, 외롭고 높고 쓸쓸한

소래섭 지음

우리학교

# 〈우리학교 작가탐구클럽〉에 오신 것을 환영합니다

지금껏 여러분은 어떻게 문학 작품을 읽어 왔나요? 시를 외우고 소설의 줄거리를 쫓아가는 것만으로도 숨이 차지 않았나요? 이제 의미도 모른 채 무작정 읽기만 했던 작품을 잠시 내려놓고 작품 읽기에서 사라져 버린 작가를 만나러 가 봅시다. 작가와 그가 살았던 시대의 생생한 이야기 속으로 흠뻑 빠져들어 봅시다.

작품은 결국 시대와 사회에 대한 작가 자신만의 대결 방식입니다. 그렇기에 작가의 삶과 그가 살았던 시대를 알게 되면 작가가 작품을 창작한 의도가 무엇인지, 작품을 통해 무슨 이야기를 하려 했는지 더 깊이 이해할 수 있습니다.

또한 작품 읽기는 작가와 독자가 나누는 대화의 과정이기에 작가 탐구의 방식으로 작품을 읽어 나가는 것은 독자가 능동적으로 의미를 구성하는 활동의 출발점이 될 수 있습니다.

〈우리학교 작가탐구클럽〉은 작가의 삶과 작품 세계를 씨줄과 날줄로 촘촘히 엮었습니다. 작가의 빼어난 작품을 그의 삶의 맥락 속에 놓아 봄으로써 작가의 삶과 작품 세계를 입체적으로 이해할 수 있도록 만들었습니다. 우리 역사에는 누구보다 깊이 고민하면서 치열하게 살았던 위대한 작가들이 많습니다. 그들의 생생한 삶을 작품과 함께 감상하는 동안 우리는 우리 시대와 우리 문학을 새롭게 바라볼 수 있는 눈을 갖게 될 거예요.

예를 들어 「진달래꽃」을 읽으면 우리는 사랑과 이별에 가슴 태우는 화자와 만나게 됩니다. 그런데 김소월의 다른 작품들을 찾아 읽고 그의 삶을 들여다보면 김소월이라는 감수성이 풍부한 한 사내가 그 시대를 어떻게 견뎌 냈는지를 알게 됩니다. 그의 삶의 맥락에서 다시 「진달래꽃」을 읽는다면 그 울림은 이전과는 다를 것이며 그 시선으로 우리 주위를 살펴보면 이전에는 보이지 않던 것들이 생생하게 드러나 보일 것입니다.

왜 우리 문학을 읽고 사랑해야 하는지 아직 잘 모르겠다면 〈우리학교 작가탐구클럽〉의 문을 두드리세요. 일단 〈우리학교 작가탐구클럽〉의 문을 열었다면 여러분은 이 책에 나오는 작품을 찾아 읽지 않고는 못 배길 겁니다. 그게 바로 문학의 진짜 매력이지요. 자, 설렘 가득한 문학 여행을 떠날 준비가 되었나요?

작가탐구클럽에 오신 여러분을 진심으로 환영합니다!

# 백석의 시는 우리를 다른 세계로 이끄는 매혹적인 손길

1987년 『백석 시 전집』이 세상에 나온 것은 문학계의 일대 사건이었습니다. 그로 인해 이른바 '월북 문인'이라는 이유로 작품 감상은 물론 이름을 거론하는 것조차 금기시되었던 백석의 문학이 세상에 모습을 드러냈습니다. 백석의 문학은 한국 문학사를 새로 써야 할 만큼 신선했고, 수많은 시인들이 밤을 새워 읽을 만큼 매혹적이었습니다.

그로부터 20여 년이 흐른 몇 년 전, 저도 백석에 관한 책을 냈습니다. 책을 내고 얼마 지나지 않아 당황스러운 일을 겪었습니다. 머리말 첫 문장에 "알 만한 사람은 다 아는 백석 시를 아직도 모르는 사람들이 있다."라고 적은 것이 화근이었습니다. 독자 몇이 백석 시를 모르는 사람을 무시하는 처사라며 발끈했습니다. 예상치 못한 반응이었습니다. 그때쯤이면 대부분 백석에 대해서 알 것이라 생각해 제 딴에는 유머랍시고 썼던 말이었습니다. 그 일을 겪고 백석을 모르는 이가 여전히 적지 않다는 사실을 새삼 깨달았습니다.

그 이후 시간이 흐르면서 백석을 알리려는 노력들이 꾸준히 이어져서 이제는 더 많은 사람들이 그의 시에 관심을 갖게 되었습니다. 백석 시에 관한 학계의 연구 성과도 꾸준히 축적되었습니다. 일제 강점기에 발표한 백석의 모든 작품이 다양한 시각에서 샅샅이 분석되었고, 북한에서의 행적을 밝히는 일도 진전이 있었습니다. 그 덕분에 백석의 문학에 대한 저의 생각도 조금 더 풍부해지고 깊어졌습니다.

이제 다시 백석에 관한 책을 내게 되었습니다. 그간 학계에 축적된 연구 성과들을 간추리고, 제 나름의 견해 또한 모나지 않게 덧붙이려 애썼습니다. 가장 어려웠던 것은 소개할 작품을 고르는 일이었습니다. 가장 훌륭한 작품을 고른 것이 아니라 반드시 읽어야 할 최소한의 작품을 골랐다고 생각해 주시면 고맙겠습니다.

백석의 시를 소개할 때는 표기법도 고민하게 됩니다. 백석이 시를 발표할 때와 지금은 맞춤법이 많이 다릅니다. 그의 시에는 사투리도 많아서 얼마큼 표준어로 바꾸어야 할지, 어휘 설명은 얼마나 달아야 할지 등 신경 쓸 것이 많습니다. 백석 시 특유의 분위기를 해치지 않는 범위 내에서 요즘에 맞게 표기법을 바꾸고 여러 문헌을 참고하여 시어 해설을 달았습니다. 작품의 원래 느낌을 고스란히 전달하지는 못하더라도 백석 시에 부담 없이 다가가는 데 도움이 되기를 바랍니다.

매혹적인 백석 시를 더 매력적으로 소개하기 위해 온갖 수고를 마다하지 않는 우리학교 식구들에게 고마움을 전합니다. 백석의 시는 우리를 다른 세계로 이끄는 매혹적인 손길을 내밉니다. 부디 그 손길을 용기 있게 움켜쥐기를 바랍니다.

2014년 봄 소래섭

차례

# 백 석

1912~1995

하늘이 이 세상을 내일 적에
그가 가장 귀해하고 사랑하는 것들은 모두
가난하고 외롭고 높고 쓸쓸하니
그리고 언제나 넘치는 사랑과 슬픔 속에
살도록 만드신 것이다

1

내가
생각하는 것은

{ 백석의 시를 읽으면 뜨거워진다 }

### 백석 시에 빠져든 사연

요즘에는 어디에서든 백석 시에 푹 빠진 사람들을 만날 수 있습니다. 최근에 만난 사람도 그랬습니다. 디자인을 전공하는 대학생이었는데, 그는 살짝 달뜬 목소리로 백석의 시를 보자마자 첫눈에 반했다고 고백했습니다. 백석의 시가 모두 좋아서 시집 어디를 펴든 죄다 맘에 드는 시뿐이라고 말했습니다. 일찍이 중학교 때 백석을 접했다는 그와 달리 저는 대학에 들어와서야 백석의 시를 만날 수 있었습니다.

백석은 이력이 매우 독특한 시인입니다. 그가 시를 썼던 기간은, 1935년 첫 시집이자 유일한 시집인 『사슴』을 발표한 이래 1945년 무렵까지로 10년 남짓입니다. 남긴 작품도 130여 편 정도로 많지 않은 축에 속하지요. 그의 시가 본격적으로 알려진 것도 그리 오래지 않습니다. 1988년 이른바 '월북 문인'에 대한 해금이 이루어질 때까지 일반인들은 물론 연구자들도 그의 시에 접근할 수 없었습니다. 백석은 해방 후 고향인 평안북도 정주로 돌아와 북한에 머물렀을 뿐이고 그의 시에 정치색이나 이념적 편향이 담겨 있는 것도 아

백석의 시를 읽으면 뜨거워진다

니었지만, 남북 분단의 현실로 인해 백석은 '월북 문인' 취급을 받을 수밖에 없었습니다. 제가 고등학교를 마칠 때까지 백석의 시를 접할 수 없었던 것도 그런 까닭입니다.

그는 일제강점기 내내 작품을 썼지만 언제나 문단의 주변에 머물렀고, 해방 후 북한 문단에서도 주도적인 인물이 아니었습니다. 그의 작품이 지닌 가치를 인정해 준 사람들이 없었던 것은 아니지만, 그는 시를 쓰는 동안 평단은 물론 독자로부터도 화려한 조명을 받지 못했습니다. 그런데 신기하게도 백석은 대중적으로 알려진 지 얼마 지나지 않아 한국을 대표하는 시인 중의 한 사람이 되었습니다. 특히 백석은 평론가와 시인들 사이에서 인기가 높습니다.

2000년대에 들어서 전문가를 대상으로 실시한 몇 차례의 설문 조사에서 백석은 항상 한국 현대 시를 대표하는 시인으로 손꼽혔고, 백석의 많은 작품들은 시인들의 애송시 목록에 올라 있습니다. 뿐만 아니라 최근에는 일반 독자들 사이에서도 백석의 시가 널리 읽히고 있지요. 학교 교육을 통해 백석의 시를 접한 세대는 물론이고 중년층 이상에서도 그의 시에 매료되는 이들이 점점 늘어나고 있습니다. 낯선 방언이 많이 등장하는 탓에 백석 당대에도 잘 읽히지 않던 시들이 독자를 넓혀 가고 있는 것은 신기한 일입니다. 더구나 요즘처럼 시라는 예술이 푸대접을 받는 시대에 새삼 백석 시에 대한 관심이 증가하고 있는 것은 흥미로운 일이 아닐 수 없지요.

사실 저는 백석 시를 접하고 첫눈에 반했다는 사람들을 만날 때마다 신기하기도 하고 부럽기도 합니다. 저는 그렇지 못했기 때문

입니다. 뭐라 설명할 수 없는 묘한 매력이 있기는 했지만, 백석의 시는 낯설고 어려웠습니다. 특히 불쑥불쑥 등장하는 사투리들 때문에 읽다가 호흡이 끊기기가 일쑤였지요. 도무지 시집 전체를 읽어 내려갈 엄두가 나지 않았습니다. 그런데도 백석의 시를 놓을 수 없었던 것은 그 '뭐라 설명하기 힘든 묘한 매력' 때문이었습니다. 그의 시에는 제가 알고 있던 문학 개념들로는 이해하기 어려운 부분들이 많았거든요.

일반적으로 백석 시의 특징으로 언급되는 것들이 몇 가지 있습니다. 감각적 이미지들을 통해 향토성을 짙게 드러내고 있고, 여느 시인보다 방언을 적극적으로 활용하고 있으며, 대상에 대한 객관적 태도와 절제가 두드러진다는 점 등이 그것입니다. 이는 결국 '토속성'과 '모더니티'라는 말로 요약될 수 있습니다. 즉 그의 시에는 각종 사투리와 지역의 풍물 등 토속적인 성격이 진하게 배어 있다는 것, 그럼에도 그의 시가 토속적인 것들에 대해 객관적으로 감정을 절제하면서 접근하는 것은 당시 유행하던 세련된 서구적 모더니즘의 방법을 따르고 있다는 것이지요.

그런데 그 두 가지 중 어떤 것이 백석 시의 중심인가를 두고는 의견이 엇갈렸습니다. 한쪽에서는 토속성이 백석 시의 바탕으로, 그것을 통해 모더니티를 우리 식으로 소화했다고 평가합니다. 반면, 또 다른 쪽에서는 백석 시의 출발점은 모더니티이며 토속성은 모더니티를 드러내기 위한 소재에 불과하다고 평가하지요. 엇갈린 두 해석은 백석의 시가 발표된 당대는 물론 최근까지도 계속 이어져

왔습니다. 그러나 두 가지 해석 모두 백석 시의 실체를 온전히 규명하지는 못 하고 있는 것으로 보였기에, 백석 시를 읽으면 읽을수록 궁금증만 더해 갔습니다.

어떻게든 그것을 설명하고 싶었습니다. 한 평 남짓한 작은 방에 틀어박혀 무작정 한 달 동안 그의 시를 읽고 또 읽었습니다. 그러던 어느 날, 문득 그의 시에는 너무나 많은 음식이 등장한다는 사실을 발견했습니다. 필시 무슨 곡절이 있을 듯했습니다. 결국 그 호기심은 백석 시에 나타난 음식의 의미에 대한 연구로 이어졌고, 지금까지도 백석 시의 매력을 공부하고 가르치는 계기가 되었습니다. 저는 백석의 시를 통해 음식의 가치는 맛이나 영양소로만 매길 수 없다는 사실을 깨달았습니다. 백석은 음식을 다룬 시들을 통해 음식에는 '마음'이 담겨 있으며, 우리가 음식을 통해 진정으로 음미해야 할 것은 '마음의 맛'이라고 말하고 있었습니다.

### 백석의 시를 읽으면 뜨거워진다

백석은 늘 '마음'에 대해서 이야기했지만, 그의 마음이 항상 평온하기만 했던 것은 아닙니다. 백석의 시 중에 「내가 생각하는 것은」이라는 작품이 있습니다. 1938년 봄에 지어진 것으로 보이는 이 작품에서 그는 자신의 신세를 이렇게 한탄합니다.

내가 생각하는 것은


밖은 봄철날 따디기*의 누긋하니 푹석한* 밤이다
거리에는 사람도 많이 나서 흥성흥성할 것이다
어쩐지 이 사람들과 친하니 싸다니고 싶은 밤이다


그렇건만 나는 하이얀 자리 위에서 마른 팔뚝의
새파란 핏대를 바라보며 나는 가난한 아버지를
가진 것과 내가 오래 그려 오든 처녀가 시집을 간 것과
그렇게도 살뜰하던 동무가 나를 버린 일을 생각한다


또 내가 아는 그 몸이 성하고 돈도 있는 사람들이
즐거이 술을 먹으러 다닐 것과
내 손에는 신간서 하나도 없는 것과
그리고 그 '아서라 세상사'라도 들을
유성기*도 없는 것을 생각한다


그리고 이러한 생각이 내 눈가를 내 가슴가를
뜨겁게 하는 것도 생각한다


따디기 따지기. 얼었던 흙이 풀리려고 하는 초봄 무렵
푹석하다 푸근하고 편안한 느낌이 드는
유성기 축음기. 레코드에 녹음한 것을 재생하는 장치


**20**　　　백 석_1

그 무렵 그는 번번이 사랑에 실패했고, 가족들과도 사이가 좋지 않았으며, 친구도 많지 않았습니다. 가족과 연인과 친구를 잃은 사람은 무슨 낙으로 세상을 살아야 할까요. 게다가 불행하게도 그가 가질 수 없는 것들은 더 있었습니다. 그에게는 많은 것을 잃어버린 슬픔을 달랠 만한 작은 여유조차 허락되지 않았습니다. 이 작품에서 백석은 술을 마시거나 책을 사거나 음악을 들으면서 쓸쓸함을 달래고 싶지만 그런 여유마저 없다고 한탄하고 있습니다.

이 시를 읽으며 궁금해졌습니다. 모든 것을 잃어버린 백석이 듣고 싶었던 '아서라 세상사'는 도대체 어떤 노래일까? 대관절 가사와 곡조가 어떻기에 그는 그 노래가 간절히 듣고 싶었던 것일까? 그 노래를 들어 보면 노래를 통해서라도 위안을 찾으려 했던 백석의 마음을 조금 더 이해할 수 있을 것 같았습니다. 그때부터 몇 날을 당시의 유성기 음반 가사집을 뒤적였습니다. 그러나 제아무리 눈 씻고 찾아봐도 '아서라 세상사'는커녕 그와 비슷한 제목의 노래도 발견할 수 없었습니다. 제목을 보면 당대의 유행가일 듯하고, 유행가라면 어디에든 기록이 남아 있을 법한데, 온갖 자료를 들추고 뒤져도 끝내 찾을 수 없었습니다. 도대체 어떻게 된 일일까요? 그 노래는 백석의 '생각' 속에서만 존재하던 노래였을까요?

그 무렵 '사랑은 개나 소나'라는 노래를 들었습니다. 〈거침없이 하이킥〉이라는 시트콤에 나온 것으로 이른바 '이순재 송'이라고 불리던 노래였습니다. 극 중에서 이순재는 수십 년 만에 재회한 첫사랑을 떠나보내면서 우연히 그 노래를 듣고 하염없이 눈물을 흘립

백석의 시를 읽으면 뜨거워진다

니다. 저 또한 우연히 그 노래를 듣고 한참을 웃다가, 또 한참을 울었습니다. "개는 반갑다고 꼬리나 치지/ 소는 음매음매 울 수나 있지/ 나는 바보라 당신 잡지도 못 해/ LA로 훌쩍 가 버린 당신/ 사랑은 개나 소나 다 한다지만, 나는 개소만도 못한 바보야" 익숙한 트로트 곡조에 얹힌 가사가 코믹하면서도 처연합니다. 여러분도 인터넷에서 이 노래를 찾아 들어 보면 우습기도 하고 슬퍼지기도 할 것입니다. 그때 문득 떠올랐습니다. 백석이 듣고 싶어 했던 '아서라 세상사'가 바로 '사랑은 개나 소나' 같은 곡일지도 모른다는 생각이.

오래 그리워하던 여자를 시집 보낸 자 또한 자신이 개나 소만도 못하다는 생각이 들었을 것입니다. 연인을 잃고서도 아직 가진 것이 남아 있는 이라면 친구들과 술을 먹거나 이별의 슬픔을 예술로 승화시키기 위해 책을 읽기도 할 것입니다. 또 드물겠지만, 견딜 수 없는 슬픔 속에서도 우아한 취향을 포기할 수 없는 자라면 베토벤의 교향곡이나 오페라 아리아를 들었겠지요. 그러나 백석에게는 친구는 물론 술을 먹거나 책을 살 돈도 없었습니다. 게다가 일본에서 영문학을 전공한 세련된 '모던 보이'였음에도 백석의 시선은 항상 평범한 사람들의 일상을 향해 있었습니다. 그러니 할 수 있는 것이라고는 '아서라 세상사' 따위의 노래나 듣는 것뿐이었지요. 그런 노래를 들으며 개나 소만도 못한 자신을 끊임없이 자책하는 것만이 유일한 숨구멍이었을 것입니다.

그러나 끊임없이 높고 깊은 마음을 말하던 시인답게 그는 자책에 머무르지 않습니다. 「내가 생각하는 것은」의 마지막 연에서 백석은 이렇게 말합니다. "그리고 이러한 생각이 내 눈가를 내 가슴가를/뜨겁게 하는 것도 생각한다" 자신이 생각하던 것들을 이야기하던 백석은 끝내는 자신의 '생각'에 대해서도 생각합니다. 일찍이 '생각'에 대해 깊이 생각했던 데카르트는 "나는 생각한다, 고로 나는 존재한다"라고 결론 내린 바 있습니다. 그러나 데카르트와 달리 백석은 "생각이 눈과 가슴을 뜨겁게 하는 것을 생각한다"라고 말합니다. 데카르트의 생각은 논리적이고 차가운 이성으로 머리에서 시작됩니다. 반면 백석의 생각은 가슴에서 나오는 것으로 뜨겁습니다. 그래서 데카르트의 생각은 '나'만을 호명하지만, 백석의 생각은 또 다른 '생각'을 부릅니다.

최근 백석 시를 읽는 사람들이 늘어난 이유도 그의 '생각' 때문일 것입니다. 백석의 시에는 운명의 장난에 "아서라 세상사"라는 푸념으로 맞서려는 이들의 생각이 담겨 있습니다. 개나 소만도 못한 처지에 놓이더라도 결코 포기할 수 없는 생각들이 담겨 있지요. 세상이 급변하면서 잃어버린 것들이 있습니다. 또 아무리 세상이 변하더라도 잃어버리지 말아야 할 것들이 있습니다. 백석은 끊임없이 그것들에 대해서 생각하고, 그의 시는 독자들이 그것에 대해 생각하게 만듭니다. 생각만으로 세상이 변하는 것은 아니지만, 생각 없는 변화 또한 삶을 황무지로 만들지요. 그래서 세상은 여전히 뜨거운 생각이 필요하고, 뜨거운 생각에 대한 더 뜨거운 생각이 절실합니다. 백석 시를 읽으면 뜨거워집니다. 뜨거운 '마음'들에 대해서 생각하게 됩니다.

나중에서야 '아서라 세상사'의 비밀을 알게 되었습니다. '아서라 세상사'는 노래 제목이 아니라 노랫말의 일부였습니다. 이 노랫말은 「편시춘(片時春)」이라는 단가에 나옵니다. 단가는 판소리에 앞서 목을 풀기 위해 부르는 짧은 노래입니다. 「편시춘」은 판소리 단가 중에서 가장 널리 불리는 노래로 세월의 덧없음을 한탄하는 내용을 담고 있습니다. 봄의 꽃들이 순식간에 피었다 지듯이 젊음 또한 어느 사이엔가 시들고 만다는 인생무상의 정서를 노래하고 있지요. 그러니 따지고 보면 「편시춘」은 '사랑은 개나 소나'와 다르지 않습니다. 그것들은 모두 처연한 슬픔이라는, 일상에서 평범한 사람들이 느끼는 깊은 감정을 담고 있습니다. 백석의 시는 바로 그곳에서 출발합니다. 세상 그 어느 것보다 낮은 자리, 누구도 차마 닿으려 하지 않는 마음의 밑바닥에 그의 시는 뿌리를 내리고 있습니다. 그래서 백석의 시를 읽게 되면 백석이 이야기한 마음들에 대해서 생각하게 됩니다. 첫눈에 반하지는 않을지라도 자꾸만 시집에 눈길이 가게 되지요. 제가 소개해 드리는 백석의 시들을 접하고 나면, 아마 여러분도 마찬가지 심정이 될 것입니다.

# 권력으로 물의 흐름을
# 막을 수 없듯이

| 월북 문인, 그들의 삶과 작품 |

백석은 1988년까지 '월북 문인'으로 분류되어 일반인들은 그의 시를 접할 수 없었습니다. 월북 문인의 작품을 출판하는 것이 법으로 금지되어 있었기 때문입니다. 도대체 월북 문인이란 어떤 사람들이었기에 그들의 작품마저 읽을 수 없었던 것일까요?

### 월북 문인의 의미

'월북'이란 '삼팔선 또는 휴전선의 북쪽으로 넘어감'이란 의미입니다. 해방 이후 분단과 전쟁을 겪으면서 세 차례에 걸쳐 많은 문인들

1945년 얄타회담 결과에 의해 북위 38도선을 경계로 남북이 나뉘었다.

이 북한으로 넘어갔습니다. 1차 월북은 해방 직후 이루어졌습니다. 좌파가 주도하는 문화 운동을 주장했던 문인들이 월북해 평양 중심의 문단 조직을 결성하지요. 2차 월북은 미 군정이 공산당을 불법 단체로 규정

하고 탄압을 가하기 시작한 1947년 후반부터 정부 수립 직전까지 이루어집니다. 3차 월북은 6·25 전쟁 기간에 이루어졌습니다. 3차 월북은 1, 2차 월북과는 달리 강제로 이루어진 경우가 많았습니다. 이를 월북과 구분하기 위해 북에 납치되어 끌려갔다는 의미의 '납북'이라고 합니다.

　　월북한 문인들 중에는 해방 이전부터 북한과 같은 정치 체제를 지지하던 이들도 있었고, 해방 이전에는 이념적 지향을 드러내지 않다가 분단이 되면서 북을 선택한 작가들도 있었지요. 그러나 납북된 작가들의 경우에는 사회주의나 공산주의와는 관련이 없거나 오히려 그러한 사상에 반대했던 작가들이 많았습니다. 그럼에도 분단의 골이 깊어지면서 북으로 넘어간 이유와 관계없이 그 모든 사람들이 월북 문인으로 분류되었습니다. 심지어 백석처럼 북으로 넘어간 것이 아니라 북에 있던 자신의 고향에 머물렀던 작가들도 월북 문인으로 규정되었지요.

## 반쪽짜리 문학사

　　월북 문인의 작품은 '반공'과 '안보'에 위협이 될 수 있다는 이유로 한국전쟁 이후 40여 년 가까이 금서가 되어 햇빛을 보지 못했습니다. 북한에서 발표한 작품은 말할 것도 없고 해방 이전에 발표한 작품

시인 정지용　　　　시인 오장환　　　　소설가 이태준　　　　비평가 김기림

　　　백 석_1

역시 출판이 금지되었습니다. 북한을 지지하거나 정치적 이념을 드러내지 않는 작품도 예외일 수는 없었습니다. 일반인은 물론 학자들의 경우에도 접근이 수월치 않았습니다. 오래된 자료들을 통해 월북 문인의 작품에 제한적으로 접근할 수는 있었지만, 그마저도 온전한 상태로 읽을 수는 없었지요. 월북 문인의 이름은 '백○', '정○용' 등과 같이 일부가 알 수 없게 표기되어 있었고, 작품 역시 여기저기 삭제된 문장들이 많았습니다.

월북 문인으로 분류되었던 작가는 120여 명에 이릅니다. 해방 직후에 활동하던 문인의 수가 160여 명 정도였다고 하니, 그 무렵에 활동하던 작가들 중 사분의 삼 가량이 우리 문학사에서 사라진 셈입니다. 대표적인 작가를 꼽자면, 시인으로는 백석과 정지용을 비롯해 오장환, 이용악 등이 있습니다. 소설가로는 이태준, 박태원, 홍명희 등이 있고, 비평가로는 김기림, 임화, 김남천 등이 있지요. 하나같이 문학계의 거목들이라 이들을 빼고 해방 이전의 문학을 논하기는 어려웠습니다. 그래서 1988년 월북 문인의 출판 금지가 풀리기 이전까지 그들을 외면한 채 서술된 문학사는 '반쪽짜리'에 불과했습니다.

## 남과 북 모두에서 버림받은 작가들

월북 문인의 비극은 남한에서 외면당한 것에 그치지 않습니다. 그들을 외면하기는 북한도 마찬가지였습니다. 「향수」와 「유리창」의 시인 정지용은 한국전쟁 때 북으로 끌려가다 사망했습니다. 평양교도소에 수감됐다가 미군의 폭격에 사망했다는 설도 있고, 동두천을 지나다가 미군기의

〈신동아〉에 발표한
김기림의 시론(1933)

◇◇◇◇◇◇◇ 권력으로 물의 흐름을 막을 수 없듯이

박태원의
『소설가 구보 씨의 일일』(1934)

정지용의
『정지용시집』(1935)

이태준 수필집
『무서록』(1944)

기관총에 맞아 숨졌다는 설도 있습니다. 아직 확실하게 밝혀지지는 않았지만, 어느 경우라도 비극적이기는 마찬가지이지요. 「바다와 나비」로 유명한 시인이자 모더니즘을 이끌던 비평가 김기림도 불행한 죽음을 맞았습니다. 그 또한 정지용처럼 인민군이 퇴각할 때 북으로 끌려가다 사망한 것으로 추정되고 있습니다.

자의에 의해 북한을 선택한 문인들의 삶도 대부분 불행했습니다. 그들은 월북 후 한동안 극진한 대우를 받았지만 얼마 지나지 않아 숙청의 희생양이 됩니다. 한국전쟁이 끝나고 휴전과 함께 북한 체제가 어느 정도 안정되자 김일성은 임화, 김남천, 이태준 등 월북 문인들을 대거 문단에서 제거합니다. 임화와 김남천은 1953년 8월 사형을 당했고, 이태준 또한 1956년 사상이 불온하다는 이유로 숙청당했습니다. 「소설가 구보 씨의 일일」의 작가 박태원 또한 1956년 숙청을 당하고 한동안 작품 활동이 금지됩니다.

1988년 정부가 월북 문인의 출판 금지 조치를 해제하겠다고 발표하자 어느 신문은 이렇게 썼습니다. "인간이 생산하거나 창조하는 사

해금 조치를 이끌어 내는 데 큰 역할을 했던 민족문학작가
회의 회원들이 1989년 남북작가회담과 관련돼 구속된 고
은 시인 등의 석방을 요구하고 있다.

상, 문학, 예술은 인간 사이에서 자유롭게 운동한다. 폭압적인 권력이
그것의 흐름을 법이나 폭력으로 막으려고 해도 물이 작은 틈만 있으면
헤집고 나가듯이 사람을 찾아간다." 작가를 가둘 수는 있어도 작품을
가둘 수는 없습니다. 결국 작품을 평가하는 것은 법이 아니라 독자이기
때문입니다. 한동안 남과 북 모두에서 버림받았던 월북 문인들이 이제
는 높은 평가를 받는 것도 그러한 까닭입니다. ⊙

2

밤소 팥소
설탕 든
콩가루소를 먹으며

{ 촌아이, 시인으로 성장하다 }

## 귀한 아들, 백석

백석은 1912년 지금은 북한 땅인 평안북도 정주에서 태어났습니다. 본명은 백기행(白夔行)으로 3남 1녀 중 장남이었습니다. 백석(白石)은 그의 필명으로, 사람들은 본명보다는 필명으로 그를 기억하고 있습니다. 그의 아버지는 백시박이라는 사람으로, 일찍이 사진 기술을 익혀 1930년대에는 언론사 사진 기자로도 활동할 만큼 개화한 인물이었습니다.

백석이 태어난 것은 그의 아버지가 37세 되던 해였고, 그때 어머니인 이봉우의 나이는 24세였습니다. 당시는 스물도 안 된 이른 나이에 혼인하는 조혼의 풍습이 남아 있던 때였습니다. 백석의 아버지는 결혼도 늦었고 첫아이를 얻은 것도 당시로서는 꽤 늦은 편이었지요. 그만큼 귀하게 얻은 아들인지라 백석에 대한 아버지의 사랑은 각별했습니다. 백석의 시집 『사슴』에 수록된 「오리 망아지 토끼」라는 시에는 어린 시절 아버지에 얽힌 추억의 한 장면이 아름답게 담겨 있습니다.

## 오리 망아지 토끼

오리치*를 놓으러 아배는 논으로 내려간 지 오래다
오리는 동비탈에 그림자를 떨어트리며 날아가고 나는 동말랭
이*에서 강아지처럼 아배를 부르며 울다가
시악*이 나서는 등 뒤 개울물에 아배의 신짝과 버선목과 대님
오리를 모두 던져 버린다

장날 아침에 앞 행길로 엄지 따라 지나가는 망아지를 내라고
나는 조르면
아배는 행길을 향해서 커다란 소리로
―매지*야 오너라
―매지야 오너라

새하러 가는 아배의 지게에 치워 나는 산으로 가며 토끼를 잡
으리라고 생각한다
맞구멍 난 토끼 굴을 아배와 내가 막아서면 언제나 토끼 새끼
는 내 다리 아래로 달아났다

오리치 동그란 갈고리 모양으로 된, 오리를 잡는 덫
동말랭이 동쪽 마루
시악 악한 성미로 부리는 심술
매지 '망아지'의 방언

3연으로 되어 있는 이 작품은 각각의 연에서 오리, 망아지, 토끼에 얽힌 추억을 이야기하고 있습니다. 1연은 오리 잡는 이야기입니다. 아버지는 '오리치', 즉 오리 잡는 덫을 놓으러 논에 내려갔습니다. 유년의 화자는 홀로 아버지를 기다리고 있습니다. 오리를 잡을 수 있으리라는 기대에 부풀어 아버지를 따라나섰지만 어느 순간 아버지도 오리도 없이 혼자 있게 되었습니다. 기대하지 않았던 상황에 심술이 난 화자는 개울물에 아버지의 옷가지를 내던지는 것으로 분풀이를 하지요. 아버지는 아이에게 오리를 잡아 주고 싶어 질펀거리는 논에 뛰어들었는데, 정작 아이는 아버지가 보이지 않아 성질이 나 있습니다. 조금은 우스운 상황이지요? 하지만 누구나 경험했을 법한 사소한 장면을 통해, 자식을 위해서는 무슨 일이든 마다않는 아버지의 마음과 아버지를 세상의 전부로 여기는 자식의 마음이 잔잔하게 전달되고 있습니다.

말하고 싶은 바를 직접 드러내지 않고 상황이나 장면을 통해 전달하는 것이 백석 시의 전형적인 특징이자 매력입니다. 장날 아침의 풍경을 담고 있는 2연 또한 그렇습니다. 장꾼들의 행렬이 지나갈 때 어미 말을 따라가는 망아지를 보고 유년의 화자는 그 망아지가 갖고 싶다고 아버지를 조릅니다. 엄한 아버지라면 떼쓰는 자식을 심하게 꾸짖을 수도 있는 상황이지요. 그러나 현명한 아버지는 자식의 마음을 헤아리고 "매지야 오너라"라고 망아지를 불러 댑니다. 그런다고 망아지가 올 리야 없겠지만, 자식의 감정을 이해해 주려는 아버지의 마음만은 아이에게 고스란히 전달되었을 것입니다.

　백석의 아버지는 당시로서는 보기 드문 직종에 종사했지만 경제적으로 넉넉하지는 못했습니다. 백석은 「내가 생각하는 것은」이라는 작품에서 아버지가 가난했다고 고백하고 있는데, 실제로 그의 아버지는 형편이 어려워 빚을 얻으러 가는 일이 잦았다고 합니다. 비록 가난한 아버지였지만, 이 작품을 보면 백석의 아버지는 여느 아버지보다도 마음만은 '부자 아빠'였던 듯합니다. 실제로 백석의 아버지는 자신이 중요하다고 여기는 일에는 돈과 노력을 아끼지 않는 인물이었습니다. 1927년 당시 백석이 재학 중이던 오산고보에서는 강당 및 교장 사택 건축비를 마련하기 위해 평안도와 황해도에 사람을 파견해 건축 기금을 마련했습니다. 이때 백석의 아버지는 황해도를 담당하는 대표로 선출되어 기금 마련에 적극적으로 나섰다고 합니다. 자신이 옳다고 믿는 일, 개인보다는 공동체에 관련된 일에 적극적이었던 아버지의 품성은 백석에게도 영향을 미쳤을 것입니다.

　3연은 산에서 토끼를 잡던 이야기입니다. 아버지와 유년의 화자는 토끼가 나오기를 기다리며 토끼 굴을 포위합니다. 그러나 토끼는 의외로 날쌘 동물이라 막아선 아이의 다리 사이로 금세 도망을 칩니다. 기대와 달리 토끼를 놓친 아이는 울상이 되지요. 백석은 토끼를 놓친 아이의 심정을 강조하기 위해 "서글퍼서"라는 말을 반복하고 있습니다. 토끼 한 마리 놓친 것이 뭐 그리 대수냐고 생각할 수도 있지만, 어린 시절에는 그 어느 것보다 '서글프고 또 서글픈' 일일 수 있습니다. 또 시간이 흘러 어른이 된 뒤에 생각해 보면 사소한 일로 울상을 짓던 어린 시절의 모습은 귀엽고 깜찍하게 여겨지기도 합니다. '서글퍼서'라는 말의 반복은 그러한 이중적 정서를 표현하고 있습니다. 세상을 다 잃어버린 듯 슬퍼하는 아이의 정서와 생각만 해도 미소를 짓게 되는 어린 시절의 추억이 더욱 생생하게 전달되지요?

「오리 망아지 토끼」는 세 개의 에피소드를 통해 백석에 대한 아버지의 사랑이 깊었다는 것을 엿볼 수 있는 작품입니다. 백석이 자신의 어린 시절을 아름다운 모습으로 기억하고 있다는 것 또한 알 수 있지요. 누구나 자신의 유년 시절을 다양한 모습으로 기억하지만, 특히 백석은 그 시절을 각별하게 여겼습니다. 백석에게 유년 시절은 시적 소재로 가득한 보물 창고와 같았습니다.


## 신비를 만끽하던 유년 시절

백석은 다른 문인들에 비하면 시 외의 글은 얼마 남기지 않았습니다. 특히 자신의 개인사에 관해서는 언급한 적이 별로 없습니다. 부모, 형제, 친척들이 어떤 사람이었고, 어떤 사건들을 겪으며 성장했는지 구체적으로 밝힌 적이 없지요. 몇 편의 시에 그러한 내용들이 드문드문 담겨 있기는 하지만, 시 외의 다른 글을 통해서는 '나는 이렇게 살아왔노라'라고 이야기하지 않았습니다. 백석이 어린 시절을 어떻게 보냈는지 속 시원히 알기 어려운 것도 그러한 까닭입니다. 다만 그는 시집 『사슴』에 자신이 어린 시절에 경험했던 내용을 시로 담아냈습니다. 그러한 시들 가운데 하나가 「고야」라는 작품입니다.

고야

아배는 타관 가서 오지 않고 산비탈 외따른 집에 엄매와 나와 단둘이서 누가 죽이는 듯이 무서운 밤 집 뒤로는 어느 산골짜기에서 소를 잡아먹는 노나리꾼*들이 도적놈들같이 쿵쿵거리며 다닌다

날기멍석*을 져 간다는 닭 보는 할미를 차 굴린다는 땅 아래 고래 같은 기와집에는 언제나 니차떡*에 청밀에 은금보화가 그득하다는 외발 가진 조마구 뒷산 어느메도 조마구*네 나라가 있어서 오줌 누러 깨는 재밤* 머리맡의 문살에 대인 유리창으로 조마구 군병의 새까만 대가리 새까만 눈알이 들여다보는 때 나는 이

노나리꾼 소나 돼지를 훔쳐 밀도살하여 파는 사람
날기멍석 곡식을 널어 말릴 때 쓰는 멍석
니차떡 찰떡, 인절미
조마구 심술궂은 난쟁이 귀신
재밤 한밤중

불 속에 자지러 붙어 숨도 쉬지 못 한다

　또 이러한 밤 같은 때 시집갈 처녀 막내 고모가 고개 너머 큰집
으로 치장감을 가지고 와서 엄매와 둘이 소기름에 쌍심지의 불
을 밝히고 밤이 들도록 바느질을 하는 밤 같은 때 나는 아랫목의
삿귀"를 들고 쇠든밤"을 내어 다람쥐처럼 밝아 먹고 은행 여름을
인둣불에 구워도 먹고 그러다는 이불 위에서 광대넘이를 뒤이고"
또 누워 굴면서 엄매에게 윗목에 두른 평풍의 새빨간 천두"의 이
야기를 듣기도 하고 고모더러는 밝는 날 멀리는 못 난다는 메추
라기를 잡아 달라고 조르기도 하고

　내일같이 명절날인 밤은 부엌에 쩨듯하니" 불이 밝고 솥뚜껑
이 놀으며 구수한 내음새 곰국이 무르끓고 방 안에서는 일갓집
할머니가 와서 마을의 소문을 펴며 조개송편에 달송편에 죈두기
송편에 떡을 빚는 곁에서 나는 밤소 팥소 설탕 든 콩가루소를 먹
으며 설탕 든 콩가루소가 가장 맛있다고 생각한다
　나는 얼마나 반죽을 주무르며 흰 가루 손이 되어 떡을 빚고 싶

삿귀  갈대를 엮어 만든 자리의 귀퉁이
쇠든밤  말라서 새들새들해진 밤
광대넘이를 뒤이고  광대처럼 몸을 굴리고 뒤집으며 노는 놀이
천두  천도복숭아
쩨듯하니  환하게

은지 모른다

    섣달에 냅일날*이 들어서 냅일날 밤에 눈이 오면 이 밤엔 쌔하
얀 할미귀신의 눈귀신도 냅일눈을 받노라 못 난다는 말을 든든히
여기며 엄매와 나는 앙궁* 위에 떡돌 위에 곱새담* 위에 함지에
버치며 대냥푼*을 놓고 치성이나 드리듯이 정한 마음으로 냅일
눈 약눈을 받는다
    이 눈세기물*을 냅일물이라고 제주병에 진상항아리에 채워 두
고는 해를 묵혀 가며 고뿔이 와도 배앓이를 해도 갑피기*를 앓아
도 먹을 물이다

    당시 백석의 고향 정주는 궁벽한 두메산골이었습니다. 그가 유년
시절을 보낸 1910년대는 지금의 서울인 경성에도 근대적 문물이
본격적으로 등장하지 않았던 때입니다. 정주는 경성에서도 한참 멀
어서 서양의 신문물을 접하기 어려운 곳이었지요. 『사슴』에 수록된
시들을 보면 당시 정주의 삶은 요즘 사극에서나 볼 수 있는 것처럼
옛 모습을 간직하고 있습니다. 「고야」는 그러한 모습이 잘 담겨 있

냅일날 납일. 대개 연말 무렵으로 나라와 민간 모두 제사를 지냈음
앙궁 아궁이
곱새담 짚을 엮어 만든 이엉을 얹은 담
대냥푼 큰 놋그릇
눈세기물 눈석임물. 눈이 녹은 물
갑피기 이질. 설사를 하는 병

는 시입니다.

언뜻 보기에 「고야」는 앞서 살펴본 「오리 망아지 토끼」와는 많이 다릅니다. 알 수 없는 사투리들도 많고, 한 문장이 길게 이어져서 적절하게 끊어 읽지 않으면 의미조차 파악하기 쉽지 않지요. 저도 학생 시절에 이 작품을 처음 접했을 때는 도무지 읽히지가 않아서 고개를 절레절레 젓던 기억이 납니다. 하지만 이 작품을 이해하고 나면 백석의 다른 작품은 그리 어렵지 않게 다가오게 됩니다. 사투리에도 익숙해지게 되고 긴 문장을 적절하게 끊어 읽는 법도 터득하게 되지요.

이 작품을 감상하기 위해 가장 먼저 필요한 것은 화자가 어떤 사람인지 파악하는 것입니다. 시집 『사슴』에 수록된 작품들은 주로 백석의 유년 시절을 다루고 있는데, 작품에 따라 두 종류의 화자가 나타납니다. 즉 어떤 시에는 성인 화자가 등장하고, 또 어떤 시에는 유년 화자가 등장하지요. 성인 화자가 등장하는 시들은 어른의 시점에서 과거를 회고하는 작품들이고, 유년 화자가 등장하는 시들은 어린아이의 시점에서 보고 느낀 것들을 현재의 일처럼 그리고 있습니다. 「고야」에는 앞서 살펴본 「오리 망아지 토끼」처럼 유년 화자가 등장합니다. 그래서 이 작품을 읽을 때는 어린아이의 말을 듣고 있다고 생각하면 시에 담긴 의미를 더욱 잘 이해할 수 있지요. 백석이 마치 자신이 어린아이가 된 것처럼 말하고 있기 때문입니다.

1연을 보면 백석이 얼마나 궁벽한 산골 마을에 살았는지 알 수 있습니다. 인가가 많지 않은 산비탈에 집이 있습니다. 달빛이나 별

**촌아이, 시인으로 성장하다**

빛도 없는 밤이면 온 세상이 칠흑 같은 어둠에 휩싸였겠지요. 이따금 소리들이 들리는데, 유년의 화자는 그것이 말로만 듣던 '노나리꾼', 즉 소나 돼지를 훔쳐 밀도살해 파는 사람들의 소리라고 짐작합니다. 실제로는 그 소리의 주인공이 노나리꾼이 아닐지도 모릅니다. 고요하고 어두운 밤이면 온갖 소리가 실제보다 더 크게 들리는 법이니까요. 그것이 노나리꾼의 소리라고 짐작하는 것은 화자가 어린아이이기 때문입니다. 자신을 지켜 주던 아버지가 없는 밤에 정체를 알 수 없는 소리가 들리자 두려움을 느낀 아이는 이런저런 무서운 상상에 빠져듭니다.

무서운 상상은 2연에서도 이어집니다. 여기에는 유년의 화자가 어른들로부터 들었던 온갖 기괴한 이야기들이 등장하지요. 화자는 인간을 못살게 구는 '조마구', 즉 난쟁이 귀신 이야기를 떠올립니다. 뒷산 어딘가에 조마구네 나라가 있고, 아이가 오줌이 마려워 깨면 조마구가 문살 유리창으로 들여다본다는 것입니다. 섬뜩한 장면이 아닐 수 없습니다. 난쟁이 귀신 이야기는 어른들이 아이를 달래기 위해 꾸며 낸 이야기입니다. 아이들이 떼를 쓰거나 보채면 '조마구가 잡아갈지도 모른다'라며 겁을 주어 울음을 멈추게 했겠지요. 순진한 아이는 어른의 말을 곧이곧대로 믿고 밤마다 두려움에 사로잡힙니다. 이불 속에 움츠러들어 숨도 쉬지 못할 만큼 화자에게 조마구는 두려운 대상입니다.

그런데 어른의 시각에서 보면 황당한 상상이 이 작품에 활기를 불어넣습니다. 인적도 드문 산간 마을은 아이의 시선을 통해 기괴한 일들이 빈번하게 일어나는 환상의 공간이 됩니다. 마치 동화 속 세상처럼 이 마을에서는 상식으로는 납득할 수 없는 신비로운 일들이 벌어질 것만 같습니다. 산간 벽촌의 누추하고 일상적인 삶이 어느 사이엔가 영화 〈해리포터〉에 나오는 것처럼 마법과 요술이 가득한 공간으로 탈바꿈하는 것입니다. 무서운 상상과 두려움은 해롭기만 한 것이 아니라 때로는 평범한 삶에 신비와 깊이를 부여하고 호기심을 유발합니다. 그런 세상에서 살기 때문에 아이들은 두려움에 떨다가도 금세 즐거운 얼굴로 돌아오지요. 그들에게 세상은 신비와 즐거운 놀이로 가득한 것입니다.

3연과 4연에서도 아이다운 모습이 이어집니다. 화자에게 밤은 두려운 시간이기도 하지만 일가친척이 모여 앉아 정담을 나누는 때이기도 합니다. 『사슴』에 수록된 시들을 보면 백석은 당시에 일반적이었던 대가족 속에서 성장한 것으로 보입니다. 그래서 그의 작품에는 할머니, 삼촌, 고모, 사촌 형제 등 많은 친척들이 등장합니다. 일가친척이 모여 떠들썩한 가운데 유년의 화자는 아이답게 여러 놀이를 즐깁니다. 여기를 보면 1연과 2연에 드러났던 두려움은 온데간데없습니다. 오히려 밤은 낮 동안 일하느라 흩어졌던 가족들이 다시 모여 정다운 이야기를 나누는 따뜻한 시간이지요. 특히 4연에서 묘사된 명절의 풍경은 더 그렇습니다. 어린아이에게 자주 보지 못했던 친척과 평소에는 접할 수 없었던 음식이 가득한 명절 전야는 일 년 중 가장 즐겁고 신나는 때입니다.

1연과 2연의 환상적인 분위기 때문에 3연과 4연의 풍경 또한 신비로운 느낌을 띠게 됩니다. 어디에서나 볼 수 있을 법한 흔한 풍경이 세상에서 가장 행복한 공간과 시간을 담은 한 편의 그림으로 변모합니다. 5연은 그러한 풍경의 마지막 장면입니다. 이 부분은 '넵일날', 즉 음력 연말의 풍경을 그리고 있지요. 화자의 가족들은 집안 구석구석에 여러 그릇을 늘어놓고 눈을 받습니다. 그 물을 받아 약으로 쓰기 위해서입니다. 화자의 가족들은 그 물이 감기나 배앓이 등 온갖 질병에 효험이 있다고 믿습니다. 그래서 마치 신성한 제의를 치르듯 정성을 담아 눈을 받습니다.

5연을 보면 백석이 어떤 환경에서 성장했는지 짐작할 수 있습니다. 그가 자란 곳은 외딴 산골이라 근대적인 문명이나 새로운 서양 의학의 혜택을 받을 수 없었습니다. 오히려 대대로 내려오던 민간 신앙과 전설에 의지해 삶을 이어 나가는 곳이었지요. 아마 지금의 시선이나 어른의 관점에서 보면 그러한 삶은 너무나 누추하고 문명과는 거리가 멀어 보일 것입니다. 그러나 백석은 유년 화자의 시선을 빌려 그와 같은 삶에 환상적이고 신비로운 분위기를 부여합니다. 또 그러한 삶에 대한 동경마저 드러내지요. 당시 새롭게 등장한 서양식 문명에 대한 거부감, 그리고 과거에 대한 동경은 백석 시 전반에 일반적으로 나타나는 정서입니다. 백석 시가 그러한 성격을 띠게 되는 데 가장 크게 기여한 것은 아무래도 그가 경험했던 어린 시절일 것입니다.

## 맑고 참된 심성의 기원

「고야」의 5연은 백석의 어린 시절이 유교, 불교, 기독교와 같은 종교보다는 대대로 이어져 오던 민간신앙과 깊이 연관되어 있다는 것을 짐작하게 합니다. 즉 백석이 어린 시절을 보냈던 곳은 애니미즘이나 이른바 '무속'이라고도 불리는 샤머니즘이 문화의 전반을 지배하고 있었습니다. 애니미즘은 만물에 영혼이 있다고 믿는 것을 말하고, 샤머니즘은 '무당'으로 불리는 샤먼이 신과 인간을 매개한다고 믿는 것을 뜻하지요. 나중에 백석은 신식 교육을 받고 일본에서 영문학까지 전공하면서 서양 학문을 익히지만, 그가 어릴 때 경험한 애니미즘이나 샤머니즘의 사고방식은 시 창작에 계속해서 영향을 미칩니다. 1936년에 발간된 시집 『사슴』뿐만 아니라 해방 후 발표된 「마을은 맨천 구신이 돼서」라는 시에서도 그러한 사실을 확인할 수 있지요.

> 마을은 맨천 구신이 돼서
>
> 나는 이 마을에 태어나기가 잘못이다
> 마을은 맨천* 구신이 돼서
> 나는 무서워 오력*을 펼 수 없다

맨천 사방. 이곳저곳
오력 오금. 무릎의 구부러지는 오목한 안쪽 부분

자 방 안에는 성주님

나는 성주님이 무서워 토방으로 나오면 토방에는 디운구신[*]

나는 무서워 부엌으로 들어가면 부엌에는 부뚜막에 조앙님[*]


나는 뛰쳐나와 얼론 고방으로 숨어 버리면 고방에는 또 시렁에
데석님[*]

나는 이번에는 굴통[*] 모퉁이로 달아 가는데 굴통에는 굴대장군

얼혼이 나서[*] 뒤울안으로 가면 뒤울안에는 곱새녕[*] 아래 털능
구신

나는 이제는 할 수 없이 대문을 열고 나가려는데 대문간에는
근력 세인 수문장


나는 겨우 대문을 쪠쳐나 바깥으로 나와서

밭 마당귀 연자간 앞을 지나가는데 연자간에는 또 연자망구신

나는 고만 기겁을 하여 큰 행길로 나서서 마음 놓고 화리서리[*]
걸어가다 보니


디운구신 지운귀신. 땅의 운수를 주관하는 귀신
조앙님 조왕. 부엌을 주관하는 신
데석님 제석. 집안사람들의 수명, 곡물, 의류, 화복을 주관하는 신
굴통 굴뚝
얼혼이 나서 얼이 빠져서
곱새녕 짚을 엮어 만든 이엉을 얹은 지붕. 초가지붕
화리서리 팔을 흔들며 걸어가는 모양

아아 말 마라 내 발뒤축에는 오나가나 묻어 다니는 달걀구신

마을은 온 데 간 데 구신이 돼서 나는 아무 데도 갈 수 없다

　이 작품에도 역시 유년 화자가 등장합니다. 어른들이 들려준 이야기에 따르면 화자가 사는 곳은 온통 귀신 천지입니다. 방, 토방, 부뚜막, 고방, 시렁, 굴통, 뒤울안, 대문간, 연자간 등 곳곳마다 귀신이 도사리고 있습니다. 실제로 우리 조상들은 집 안 구석구석마다 그곳을 담당하는 귀신이 산다고 믿었습니다. 그래서 매사에 조심하고 귀신들의 심기를 거스르지 않기 위해 애썼습니다. 반면 어린 화자에게 귀신이란 두렵기만 한 존재입니다. 그것들로부터 어떻게든 달아나고 싶은 것이 화자의 바람이지요.

　그런데 귀신이 무섭다는 화자의 말과는 달리 이 시의 어조와 분위기는 해학적입니다. 이 작품을 보고 있으면 백석은 능청스럽게 농담도 잘하고 사람들을 웃기는 재능도 있지 않았을까 하는 생각이 듭니다. 아이들이 흥겹게 노는 발걸음을 반영하듯 빠른 속도와 맞물려 있는 어조는 오히려 흥겹고 경쾌하기까지 하지요. 마치 판소리의 한 장면을 보고 있는 듯한 느낌마저 듭니다. 또 귀신이 무서워 옴짝달싹 못하고 있는 아이의 모습을 상상하면 깜찍하고 귀여운 생각도 듭니다. 그런 점들을 고려하면 이 작품은 겉으로 표현된 것과는 반대로 읽히기도 하지요. "이 마을에 태어나기가 잘못이다"라는 말은 그 마을에 살았던 자부심으로 읽히기도 하고, "마을은 온데 간데 구신이 돼서 나는 아무 데도 갈 수 없다"라는 말은 귀신들이 보

호해 주는 공간에서 살고 싶다는 바람으로도 들립니다. 왠지 이 작품 속의 귀신들은 사람에게 해코지하는 두려운 존재들이 아니라 항상 곁에 있는 든든한 수호신이나 친근한 가족처럼 다가오기도 합니다.

이 작품이 발표될 때 백석의 나이는 30대 후반이었습니다. 그 무렵까지도 어린 시절의 경험은 그에게 강렬하게 남아 있었습니다. 일가친척 및 신비로운 존재들과 어울려 살아가던 어린 시절의 기억은 시 창작에 든든한 자양분을 제공했습니다. 그는 어른들이 들려주던 전설 같은 이야기들을 잊지 않고 시에 담아냈습니다. 어린 시절에 경험했지만 점점 잊혀 가던 재래의 풍속 또한 그의 시 구석구석에 녹아 있지요. 그래서 어떤 학자들은 그의 시에 담긴 이런 특징을 일제의 민족 말살 정책에 맞서 우리 고유의 문화를 지키려 했던 노력으로 평가하기도 합니다. 일제는 우리의 말과 글뿐만 아니라 우리의 전래 신앙마저도 미신이라는 이유로 뿌리 뽑으려 했기 때문입니다.

백석이 1941년에 발표한 「촌에서 온 아이」라는 시에는 이런 구절이 나옵니다.

나는 너를 껴안아 올려서 네 머리를 쓰다듬고 힘껏 네 작은 손
을 쥐고 흔들고 싶다
네 소리에 나는 촌 농삿집의 저녁을 짓는 때

나주볕<sup>*</sup>이 가득 드리운 밝은 방 안에 혼자 앉아서

실감기며 버선짝을 가지고 쓰렁쓰렁 노는 아이를 생각한다

또 여름날 낮 기운 때 어른들이 모두 벌에 나가고 텅 비인 집
토방에서

햇강아지의 쌀랑대는 성화를 받아 가며 닭의 똥을 주워 먹는
아이를 생각한다

촌에서 와서 오늘 아침 무엇이 분해서 우는 아이여

너는 분명히 하늘이 사랑하는 시인이나 농사꾼이 될 것이로다

- 「촌에서 온 아이」 중에서

　

　

우연히 거리에서 마주친 아이의 모습에서 백석은 자신의 어린 시
절을 떠올립니다. 평범한 촌 농삿집에서 아이는 가족과 자연과 여
러 신비로운 존재들과 조화를 이루며 살아갑니다. 앞서 살펴본 대
로 백석의 어린 시절 모습과 다르지 않지요. 그런 가운데서 자란 아
이의 마음은 맑고 참될 것이라고 백석은 말합니다. 그래서 백석은
아이가 자라서 시인이나 농사꾼이 될 것이라고 예언합니다. 이는
또한 자신의 인생에 대한 회고이기도 할 것입니다. 촌에서 자란 아
이, 가족과 자연, 성스러운 것들 속에서 맑고 참된 심성을 기른 아
이, 그것이 바로 백석의 어린 시절 모습이었습니다.

나주볕 저녁볕

## 인생을 결정지은 여러 인연들

일곱 살이 된 1919년, 백석은 지금의 초등학교에 해당하는 오산소학교에 입학합니다. 이 시절의 백석에 대해서는 거의 알려진 바가 없습니다. 관계된 주변 사람들의 증언도 없는 것으로 보아 백석의 소학교 시절은 평범했던 것으로 보입니다. 오산소학교를 졸업한 1924년, 백석은 오산학교에 입학합니다. 오산학교는 1907년 남강 이승훈 선생이 독립운동을 위한 인재 양성에 뜻을 두고 평북 정주에 세운 학교입니다. 조선물산장려운동에 앞장섰던 조만식 선생 등 많은 애국지사들이 이 학교의 교장으로 재직하면서 인재 교육에 힘썼지요.

특히 이 학교는 백석과 마찬가지로 정주가 고향이었던 김소월을 배출한 학교로 유명합니다. 김소월은 백석보다 열 살 연상이었으니 한참 선배였고, 백석이 오산학교에 다닐 무렵에는 이미 훌륭한 시인으로 이름이 나 있었습니다. 주변 사람들의 증언에 따르면 백석은 선배인 김소월을 무척 동경했다고 하네요. 백석이 문학에 뜻을 두게 된 것도 이 무렵입니다. 1939년 발표한 「소월과 조선생」이라는 수필에서 백석은 김소월을 '불세출의 천재 시인'이라고 치켜세우며 김소월과 조만식 선생에 대한 애정을 드러냅니다. 특히 오산학교 졸업생들이면 누구나 존경했던 조만식 선생은 백석의 집에서 하숙을 한 적도 있어서 백석과는 더욱 각별한 사이였지요. 백석과 조만식 선생의 인연은 해방 후에도 이어집니다. 백석은 해방 후 북한에서 조만식 선생의 러시아어 통역 비서로 일하면서 은사를 적극적으로 도왔습니다.

오산학교 시절 체조(체육)를 빼고는 모든 과목에서 우등을 차지했다는 선배 김소월과는 달리 백석은 성적이 뛰어난 학생은 아니었습니다. 백석과 학창 시절을 함께했던 친구들의 증언에 따르면, 백석의 성적은 "42명 중 10등 안 선"이었고, 공부를 썩 잘하지는 않았지만 문학과 불교에 관심이 많았다고 합니다. 또 결벽증이 있어 벌레를 무서워했고, 친구들과 악수를 하고 난 후에는 꼭 손을 씻고는 해서 친구들의 오해를 사기도 했다는군요. 또 다른 증언에 따르면 백석은 암기력이 뛰어나 특히 영어를 잘했다고 합니다.

1929년 오산고등보통학교(오산학교의 바뀐 교명)를 졸업한 백석은 1년 정도 집에 머무릅니다. 모든 과목의 성적이 출중하지도 않고 집안 형편도 넉넉하지 않아 상급학교 진학이 어려웠던 모양입니다. 이 기간 동안 본격적으로 문학 창작에 나선 백석은 1930년 1월 〈조선일보〉 신춘문예에 「그 모(母)와 아들」이라는 작품이 당선돼 문단에 이름을 알리게 됩니다. 신춘문예 당선과 함께 백석에게 또 다른 행운이 찾아옵니다. 백석의 고향인 정주 출신으로 금광을 경영해 거부가 되었던 방응모가 백석을 돕겠다고 나선 것이지요. 방응모 덕분에 백석은 조선일보 사가 후원하는 장학생에 선발됩니다. 영어를 잘했고 문학에 뜻이 있었던 백석은 일본의 아오야마(靑山 청산)학원 영문학과에 진학합니다.

백석의 인생 항로를 뒤바꿔 놓은 방응모는 「고향」이라는 시에도 등장합니다.

# 고향

나는 북관에 혼자 앓아누워서
어느 아츰 의원을 뵈이었다
의원은 여래 같은 상을 하고 관공*의 수염을 드리워서
먼 옛적 어느 나라 신선 같은데
새끼손톱 길게 돋은 손을 내어
묵묵하니 한참 맥을 짚더니
문득 물어 고향이 어데냐 한다
평안도 정주라는 곳이라 한즉
그러면 아무개 씨 고향이란다
그러면 아무개 씰 아느냐 한즉
의원은 빙긋이 웃음을 띠고
막역지간*이라며 수염을 쓴다
나는 아버지로 섬기는 이라 한즉
의원은 또다시 넌지시 웃고
말없이 팔을 잡아 맥을 보는데
손길은 따스하고 부드러워
고향도 아버지도 아버지의 친구도 다 있었다

---

관공 삼국지에 나오는 관우
막역지간 허물없는 아주 친한 사이

「고향」은 백석이 함흥에서 영어 교사로 지낼 때 창작된 작품입니다. 혼자 앓다가 의원을 찾아갔더니 뜻밖에 고향과 관계된 사람을 만나 향수에 젖는 광경이 담담하게 펼쳐지고 있지요. 여기서 '아무개 씨'가 방응모일 것으로 학자들은 추정하고 있습니다. 방응모는 이때 함경도에서 조림 사업을 벌이고 있었고, 백석의 아버지와는 백석이 어릴 적부터 아는 사이였습니다. 아버지와는 친구인데다 그토록 고대하던 문학을 본격적으로 공부할 기회를 열어 준 이가 방응모였으니, 백석으로서는 아버지로 섬기는 것도 무리가 아니었겠지요. 물론 여기서 '아무개 씨'는 방응모가 아닐 수도 있습니다. 하지만 그 사람이 방응모가 아니라 해도 고향에서 맺은 인연 덕분에 백석이 고향을 떠날 수 있었다는 사실은 분명하지요. 또 이 작품에서도 알 수 있듯이 고향을 떠나서도 그의 마음은 언제나 어린 시절을 보냈던 고향을 향해 있었습니다.

촌아이, 시인으로 성장하다

# 옳은 것을 옳게,
# 아름다운 것을 아름답게
## | 백석의 동시와 동화시 |

언제나 마음만은 고향을 향해 있었던 백석은 남북이 분단된 후 북한에 남았습니다. 시집 『사슴』을 통해 유년 시절의 추억을 더듬던 백석은 북한에서는 본격적으로 동시와 동화시를 창작하고 외국 작품을 번역하는 등 아동문학 분야에서 활동했습니다. 그가 남긴 동시와 동화시는 1990년대 후반부터 남한에도 소개되어 널리 읽히고 있습니다.

## 동시의 역할에 대한 백석의 생각

오리들이 운다

한종일 개울가에
엄지오리들이 빡빡
새끼오리들이 빡빡.

오늘도 동무들이 많이 왔다고 빡빡
동무들이 모두 낯이 설다고 빡빡.

오늘은 조합 목장에 먼 곳에서
크고 작은 낯선 오리들 많이들 왔다.
온몸이 하이얀 북경종 오리도
머리가 새파란 청둥 오리도.

개울가에 빡빡 오리들이 운다.
새 조합원 많이 와서 좋다고 운다.

　　이 작품을 읽고 나면 머릿속에 '빡빡'이라는 오리의 울음소리가
맴돌게 됩니다. 백석은 주로 초등학교에 입학하기 전인 유년층을 대상
으로 동시를 썼습니다. 그래서 그는 반복의 기법을 통해 동시를 단순
명쾌하게 구성하면서도, 의성어나 의태어를 활용해 감각적이면서 듣기
에도 좋고 읽기에도 좋은 운율을 만들어 냈지요.
　　백석은 동시의 형식뿐만 아니라 내용에 관해서도 깊이 고민했습
니다. 이와 관련해 백석은 당시 북한의 주류 아동문학계와 대립하기도

인민증 속 백석의 사진과 가족들과 함께한 말년의 모습.

북한의 그림책들.

했습니다. 주류 아동문학계에서는 동시에도 사회주의적 이념이나 사상을 담아야 한다고 주장했지만, 백석은 그에 반대했습니다. 그는 유년기의 아이들이 혁명 투쟁에 나서도록 이끌 수는 없으며, 다만 "옳은 것을 옳게 보고 아름다운 것을 아름답게 볼 줄 알도록 인간 정신의 바탕을 닦아 주는 것"이 아동문학의 역할이라고 주장했지요. 그러나 안타깝게도 백석의 주장은 받아들여지지 못했고, 그는 삼수군 국영 협동농장의 노동자로 쫓겨나게 됩니다.

「오리들이 운다」는 그가 협동농장에서 지내던 1960년에 발표한 작품입니다. 아동문학계 주류와의 싸움에서 패배했지만, 이 작품을 보면 그는 여전히 자신의 입장을 포기하지 않았던 것으로 보입니다. '조합원'이라는 말을 통해 당시 북한의 체제를 어느 정도 지지하는 듯한 모습을 보이고 있지만, 이념이나 사상을 직접적으로 드러내지는 않고 있습니다. 또 이 작품에서 '조합원'을 '구성원'이나 '친구'로 바꾸어 읽어도 무방하지요. 백석은 '조합'을 강조하는 척하면서, 실은 다양한 존재들이 서로 어울려 살아가는 행복한 풍경을 그리는 데 집중하고 있습니다. 그것이 그가 평생을 두고 지향했던 바이자, 그가 생각하는 '옳고 아름다운 것'이었습니다.

## 동화시를 개척하다

백석은 아동문학에는 산문보다 시가 더 어울린다고 주장했습니

백석의 동화시에 남한의 화가들이 그림을 그린 그림책들. 왼쪽부터 화가(출판사) 순으로 오치근(소년한길), 이수지(웅진주니어), 유애로(보림)

다. 그는 자신의 주장을 입증하기 위해 아동문학의 새로운 분야를 개척하기도 했는데, 그것이 바로 '동화시'입니다. 동화시는 시처럼 운율이 있는 형식을 취하면서도 동화처럼 짤막한 이야기를 담고 있습니다.

1957년 백석은 북한 최초의 동화시집 『집게네 네 형제』를 발간했습니다. 표제작인 「집게네 네 형제」는 고둥 껍데기를 집 삼아 살아가는 '집게'를 의인화한 작품입니다. 총 18연으로 구성된 이야기의 줄거리는 이렇습니다. 어느 바닷가에 집게네 네 형제가 살았습니다. 막내는 자신의 모습에 만족한 반면, 나머지 형제들은 집게로 태어난 것을 부끄러워했습니다. 그래서 막내를 제외한 나머지 형제들은 강달소라, 배꼽조개, 우렁이 껍데기를 쓰고 집게가 아닌 척 살려 합니다. 남의 껍데기를 쓰고 살던 세 형제는 결국 몸집이 크고 강한 동물들에게 잡아먹히고, 자신의 모습을 당당하게 여기던 막내만 살아남아 평안하게 잘 산다는 것으로 이야기는 끝나지요.

그러나
막냇동생

아무 것도 아니 쓰고
아무 꼴도 아니 하고
아무 짓도 아니 해서
오뎅이가 떠와도
겁 안 나고
낚시질꾼 기웃해도
겁 안 나고
황새가 찾아와도
겁 안 났네.

집게로 태어난 것
부끄러워 아니 하는
막냇동생 집게는
평안하게 잘 살았네.

- 「집게네 네 형제」 중에서

북한에서 출간된 「집게네 네 형제」
(1957)

백석은 동시와 같이 반복과 병렬의
기법을 활용해 아동들이 쉽게 읽고 오래
기억할 수 있게 동화시의 형식을 구성합
니다. 또 집게, 오뎅이, 황새 등 여러 동물
의 생태나 습성을 동화시에 반영하여 교
육적인 효과까지 고려했지요. 남의 흉내
를 내기보다는 자신의 본분을 직시하고
주체성을 지키며 사는 것이 바람직한 삶

이라는 교훈이 아름다운 우리말 속에 담겨 있는 것이 이 작품의 매력입니다. 체제의 강압 속에서도 자신이 생각하는 예술성을 포기하지 않았던 백석의 모습을 동화시에서도 엿볼 수 있습니다.

『집게네 네 형제』에 실린 또 다른 작품인 「개구리네 한솥밥」도 재미있고 아름다운 동화시입니다. 이 시는 어느 날 형네 집에 쌀을 얻으러 가던 개구리 한 마리가 길에서 만난 소시랑게, 방아깨비, 쇠똥구리, 하늘소, 개똥벌레와 겪은 일화를 다루고 있습니다. 마음씨 착한 개구리는 곤경에 처한 모습을 볼 때마다 그냥 지나치지 못하고 도와주지요.

> 개구리 덥적덥적 길을 가노라니
> 길가 봇도랑에 우는 소리 들렸네.
> 개구리만큼 뛰어 도랑으로 가 보니
> 소시랑게 한 마리 엉엉 우네.
> 소시랑게 우는 것이 가엾기도 가엾어
> 개구리는 뿌구국 물어보았네.

- 「개구리네 한솥밥」 중에서

백석의 다른 시가 그러하듯 이 작품에서 역시 우리말의 아름다움이 흥겹게 살아 있습니다. 시어의 반복으로 읽는 재미를 느낄 수 있지요. 또한 서로 도움을 주고받고 사랑을 베푸는 소박한 존재들을 어여삐 여기는 백석의 따뜻한 시선 역시 느낄 수 있습니다. ◉

3

그 오래고
깊은 마음들이
참으로 좋고 우러러진다

{ 백석 시의 시작이자 끝, 고향 정주 }

### 백석의 첫 번째 시

1934년 일본 유학을 마치고 돌아온 백석은 곧바로 조선일보 출판부에 입사합니다. 그는 〈조선일보〉의 계열사인 〈여성〉지에서 편집 일을 담당했습니다. 이곳에 근무하면서 백석은 전공을 살려 몇 편의 번역문을 발표합니다. 이듬해인 1935년 7월과 8월에는 각각 「마을의 유화(遺話)」와 「닭을 채인 이야기」라는 소설도 발표하지요. 백석의 소설은 거기까지입니다. 이후 백석은 소설은 단념하고 시에만 전념했습니다. 문단에 소설로 등단했기 때문에 몇 편의 소설을 발표했지만, 그는 존경하던 선배 김소월처럼 시가 더 자신에게 맞다고 판단했던 모양입니다. 소설이 발표된 지 며칠 지나지 않은 1935년 8월 30일, 드디어 백석이 지상에 발표한 첫 번째 시 「정주성」이 〈조선일보〉에 게재됩니다.

대개 '첫 번째'라는 수식이 붙는 것들은 그 뒤에 오는 것들보다 더 각별하게 여기는 것이 보통입니다. 첫사랑이 그렇고, 첫인상이 그렇습니다. 또 사람들은 '최초'라는 타이틀이 붙어 있는 것들에는 남다른 시선을 보내기도 하지요. 작가의 작품 세계를 들여다볼 때도 마찬가지입니다. 작가가 최초로 발표한 작품은 이후 그 작가의 작품 세계를 파악하는 데 결정적인 단서를 제공하는 경우가 많습니다. 그러니 「정주성」 또한 백석의 작품 세계를 이해하기 위해서는 눈여겨보아야 할 작품이라고 할 수 있습니다. 이 작품을 이해하려면 먼저 당시의 상황에 대해 살펴볼 필요가 있지요.

다들 아시다시피 1910년 경술국치로 인해 우리나라는 일본의 식민지가 되었습니다. 따라서 백석에게는 태어날 때부터 나라가 없었습니다. 무엇인가 소중한 것을 빼앗기거나 잃어버린 후의 느낌을 '상실감'이라고 합니다. 귀하게 여기는 것을 빼앗길수록 상실감은 더 오래 지속되지요. 사소한 물건 하나를 잃어버려도 며칠 동안 잠을 이루지 못하는 사람이 있는 것을 보면, 나라를 빼앗긴 상실감은 상상할 수 없을 정도로 클 것입니다. 그리고 그러한 상실감은 자신이 의식하지도 못하는 사이에 우리의 말과 행동에 반영될 수밖에 없습니다. 일제강점기의 사람들도 마찬가지였습니다. 당시 사람들은 남녀노소를 가릴 것 없이 모두 지독한 상실감에 시달렸습니다. 당연히 그 시기의 문학 작품 또한 상실감이 짙게 배어 있는 작품이 많았지요.

물론 일제는 문학 작품마저 철저히 감시하고 있었으므로 작품 안에 상실감의 근원을 분명히 밝히기는 어려웠습니다. 그래서 작가들은 우회적인 방식을 통해 나라를 빼앗긴 상실감을 표출하는 경우가 많았습니다. 여러분이 잘 알고 있는 작품, 이상화의 「빼앗긴 들에도 봄은 오는가」를 떠올려 보세요. 이 작품에서 시인은 나라가 아니라

들을 빼앗겼다고 말합니다. 그러나 우리는 작품이 창작될 당시의 상황이나 "지금은 남의 땅" 등의 표현을 통해 '들'이 바로 '나라'를 의미한다는 사실을 눈치 챌 수 있습니다.

백석도 마찬가지였습니다. 일본의 식민지가 된 상태에서 태어난 그 또한 민족과 나라를 잃어버린 상실감을 공유하고 있지요. 그러한 심경이 잘 드러나 있는 시가 바로 「정주성」입니다.

정주성


산턱 원두막은 비었나 불빛이 외롭다
헝겊 심지에 아주까리기름의
쪼는 소리가 들리는 듯하다


잠자리 조을던 무너진 성터
반딧불이 난다 파란 혼들 같다
어데서 말 있는 듯이 커다란 산새 한 마리가
어두운 골짜기로 난다


헐리다 남은 성문이
하늘빛같이 훤하다
날이 밝으면 또 메기수염의 늙은이가

백석 시의 시작이자 끝, 고향 정주

청배*를 팔러 올 것이다

「정주성」을 발표하고 난 후 시 창작에 매진한 백석은 1936년 1월 시집 『사슴』을 발간합니다. 1년도 안 되는 짧은 기간에 창작한 33편의 시가 실려 있는 이 시집은 호화스런 장정에 100부 한정판으로 발간되었습니다. 가격은 2원, 요즘으로 치면 4~5만 원쯤 되는 고가였지요. 『사슴』은 금세 100부가 모두 팔렸습니다. 가격이 비싸서 더 찍을 수 없었기 때문에 당시 많은 작가들은 직접 손으로 베낀 필사본을 만들기도 했습니다. 여러분이 잘 아는 윤동주 시인 또한 『사슴』을 구할 수 없어 도서관에서 노트에 베껴 썼다고 합니다. 그렇게 어렵사리 구한 백석의 시를 윤동주는 반복해서 읽었고, 동생에게도 백석의 시집만큼은 꼭 읽어 보라고 권유했다고 하는군요.

본격적으로 시 창작에 나선 지 얼마 되지 않아 발간된 시집인데도 『사슴』은 굉장한 반향을 일으켰습니다. 비평가 김기림은 "어디까지든지 일류의 풍모를 잃지 아니한 한 권의 시집을 그는 실로 한 개의 포탄을 던지는 것처럼 새해 첫머리에 시단에 내던졌다."라고 격찬했습니다. 마치 폭탄을 던진 것과 같은 충격은 지금까지도 이어지고 있습니다. 『사슴』은 2005년 156명의 시인들을 대상으로 실시한 설문 조사에서 '우리 시대의 시인들에게 가장 큰 영향을 끼친 시집' 1위에 선정될 만큼 그 문학적 성취를 인정받고 있습니다.

청배 배의 한 종류로 푸르고 물기가 많다

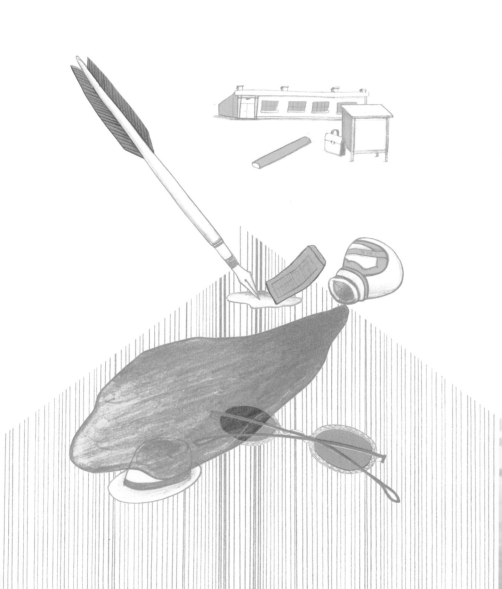

「정주성」은 바로 그 책 『사슴』의 맨 앞에 실려 있는 작품입니다. 그런 면에서 「정주성」은 백석의 시 세계에 들어서는 입구와도 같은 작품이지요. 성은 적의 습격에 대비하여 구축한 방어 시설인 동시에 한 지역의 중심에 자리 잡은 생활공간입니다. 이 작품에서도 성 주위를 나는 '파란 혼'들과 하늘빛처럼 환한 성문은 한때 그곳이 세상의 중심이었음을 상기시킵니다. 그러나 화자의 눈에 비친 정주성은 낡고 허물어져 있습니다. 백석이 자신의 고향에 있는 정주성의 폐허를 그리고 있는 것은 자신의 삶을 지탱하던 삶의 중심이 파괴되었다고 느끼고 있기 때문입니다. 백석 역시 동시대의 다른 사람들과 마찬가지로 깊은 상실감을 느끼고 있는 것이지요. 그러므로 이 작품에서 정주성은 빼앗긴 나라, 혹은 잃어버린 과거의 행복한 세계를 상징하는 것으로 볼 수 있을 것입니다.

이 작품에서 주목할 만한 것은 무너진 성터에 청배를 팔러 오는 늙은이의 모습입니다. 과일을 파는 노인의 모습은 당시로서는 흔히 볼 수 있는 일상의 풍경일 수 있습니다. 그런데 노인이 파는 것이 다름 아닌 '청배'라는 사실이 허물어진 정주성의 쓸쓸한 풍경을 새롭게 변화시킵니다. '청배'는 일찍 수확하며 물기가 많고 푸른빛을 띠는 배의 한 종류입니다. 백석은 왜 하필 노인이 파는 과일이 '청배'라고 말하고 있을까요?

가만히 들여다보니 이 작품에는 푸른빛을 내는 것이 하나 더 있습니다. 바로 반딧불이입니다. 백석은 밤마다 정주성을 날아다니는 반딧불이를 마치 죽어서도 미련이 남아 성을 서성이는 "파란 혼"들

같다고 말합니다. 색채 이미지의 일치로 인해 '청배'는 '파란 혼'과 연결됩니다. 이 작품에서 푸른빛을 띠는 것들은 모두 폐허 속에서도 굳건히 살아 있는 것들을 가리키지요.

성은 무너져 버렸지만, 청배를 팔러 오는 노인의 행위는 밤이 되면 푸르게 날아오르는 반딧불이의 행동처럼 반복됩니다. '또'라는 말은 그러한 반복과 지속을 강조하기 위한 것입니다. 성은 무너졌지만 정주성의 옛 모습을 되찾으려는 시도는 여러 모습으로 반복됩니다. 결국 노인이 청배를 팔러 오는 행위는 '파란 혼'들이 정주성을 서성이는 것과 마찬가지로 지속적인 것들의 존재를 확인함으로써 세상의 중심을 되찾으려는 시도라고 할 수 있지요.

이 작품에 등장하는 '늙은이'의 모습을 눈여겨보아야 할 까닭은 또 하나 있습니다. 그 모습에서 백석을 발견할 수 있기 때문입니다. 해방 이전까지 백석이 남긴 130여 편의 시는 여러 모습을 띠고 있지만, 일관되게 나타나는 주요 경향이 있습니다. 그것은 바로 현재의 폐허 속에서 과거의 행복했던 시절을 되찾으려는 노력입니다. 백석은 「정주성」을 쓴 이래 이 작품에 등장하는 '늙은이'처럼 폐허를 떠돌며 사라져 버린 과거의 행복했던 흔적을 추적하게 됩니다. 뒤에서 자세히 이야기하겠지만, 백석이 여러 곳을 여행했던 것도 그러한 노력과 관계가 있지요. '정주'라는 백석 개인의 고향이 아니라 우리 모두의 고향, 우리가 멀리 떠나와 버린 바로 그 고향을 찾아 백석은 평생을 헤맸습니다.

## 즐겁고 편안한 세상을 찾아서

「정주성」이래 지속되는 백석 시의 주요한 경향은 그의 시에 나타나는 두 가지 독특한 특성과도 연관되어 있습니다. 두 가지 특성은 풍물 묘사와 토속어에 대한 집착입니다. 그는 당대의 작가들이 시에 잘 쓰지 않던 토속어, 즉 사투리들을 시에 즐겨 활용했습니다. 또 그런 토속어들로 여전히 옛 모습을 간직하고 있는 여러 지역의 독특한 풍물을 시에 담았지요. 그런데 시에서 발견되는 이러한 특성은 백석의 평소 모습과는 많이 달랐습니다. 김기림은 백석의 평소 모습을 이렇게 묘사했습니다.

> 녹두빛 '더블브레스'를 젖히고 한대(寒帶)의 바다의 물결을 연상시키는 검은 머리의 '웨이브'를 휘날리면서 광화문통 네거리를 건너가는 한 청년의 풍채는 나로 하여금 때때로 그 주위를 '몽파르나스'로 환각시킨다.

김기림의 말을 들어 보면 백석이 얼마나 멋쟁이였는지 알 수 있습니다. 웨이브가 휘날리는 머리 모양과 최신 유행의 양복을 입은 백석을 보고 있으면 마치 프랑스 파리의 번화가에 있는 듯한 느낌이 들 정도였다고 하니까요. 아마 요즘으로 치면 TV에서나 볼 수 있는 연예인을 실제로 대면했을 때의 느낌과 비슷할 것입니다. 그런 그가 평소의 모습과는 어울리지 않게 구수한 사투리로 토속적인 것들을 시에 담아냈으니 당대의 작가들로서는 놀랄 수밖에요.

또한 백석 시의 특징은 당대의 여느 작가들에게서는 발견하기 어려운 것이었습니다. 백석과 달리 이 시기의 많은 시인들은 지역의 오랜 전통보다는 나날이 확장되고 현대적으로 변모하는 도시의 모습에 더 큰 관심을 보였습니다. 예컨대 여러분이 알고 있는 김기림이나 이상과 같은 작가들은 도시의 상징물로 새롭게 등장한 백화점에 매혹되어 있었지요. 그런데 그 무렵에 백석은 홀로 함경도의 장터를 떠돌고 있었습니다. 그가 장터를 어떻게 그리고 있는지 「석양」이라는 작품을 통해 확인해 보겠습니다.

夕陽

거리는 장날이다
장날거리에 영감들이 지나간다
영감들은
말상을 하였다 범상을 하였다 족제비상을 하였다
개발코를 하였다 안장코를 하였다 질병코를 하였다
그 코에 모두 학실*을 썼다
돌체돋보기다 대모체돋보기다 로이드돋보기다
영감들은 유리창 같은 눈을 번득거리며
투박한 북관(北關)말을 떠들어 대며

학실 '돋보기'의 방언

쇠리쇠리한* 저녁 해 속에

사나운 즘생같이들 사라졌다

「석양」은 함경도 어느 지역의 장날 풍경을 영화의 한 장면처럼 담아낸 작품입니다. '북관'이 바로 함경도를 가리키는 명칭이지요. 심오한 주제를 찾기 위해 눈을 부릅뜨는 것은 이 작품을 감상하는 적절한 방법이 아닙니다. 그러면 백석이 무슨 이야기를 하려는지 오히려 헷갈리게 될 것입니다. 이 작품에서 우리가 즐겨야 할 것은 장터를 지나는 노인들을 묘사하는 백석의 독특하면서도 재미난 방법입니다. 그 방법에 대해 알고 나서, 별스럽지도 않은 심심한 풍경을 시에 담아낸 이유가 도대체 무엇인지 생각해 보면 됩니다.

이 작품에서 먼저 눈에 띄는 것은 장날 거리에 나온 노인들의 인상에 대한 묘사입니다. 화자는 그들의 인상을 말, 범, 족제비와 같은 사나운 짐승들로 묘사합니다. 시골 마을에 살면서도 저마다 당시에 유행하는 각종 학실, 즉 돋보기를 쓰고 있는 노인들의 모습은 약간 어색하고 우스꽝스럽게 보이기도 하지요. 돋보기의 효과는 거기에 그치지 않습니다. 돋보기의 유리가 석양빛에 번득이는 모습은 노인들의 표정에 생동감을 부여하고 있기도 합니다. 투박한 함경도 사투리로 떠들어 대며 빠르게 걷는 그들의 모습은 마치 야생의 짐승들이 인간의 세상에 잠시 다녀가는 것처럼 묘사되고 있습니다. 그

쇠리쇠리한  눈이 부신

런 묘사 때문에 노인들이 지나치는 시장 또한 왠지 지금의 시장과는 다를 것 같은 느낌이 들지요. 즉 이 작품에 나타난 시장은 냉정한 교환의 원리가 지배하는 곳이라기보다는 사나운 짐승들이 먹이를 구해 생명력을 회복하는 야생의 공간을 떠올리게 합니다.

그러한 느낌은 낮과 밤이 교차하는 시간을 배경으로 더욱 강화됩니다. 백석은 노을이 지는 풍경을 "쇠리쇠리한 저녁 해"라고 묘사합니다. '쇠리쇠리하다'는 '눈부시다'라는 뜻의 평안북도 방언인데, 그 말의 어감이 노인들의 강렬한 인상과 어울려 굳이 사전을 들추지 않더라도 그 의미를 넉넉히 짐작할 수 있습니다. 사실 '쇠리쇠리하다'라는 말은 표준어 '눈부시다'와 정확하게 일치하지 않습니다. 이 작품에서 사라지는 노인들을 비추는 저녁노을은 '눈부시다'라는 말 이상의 신비로움을 담고 있기 때문이지요.

사나운 짐승의 얼굴을 하고 사나운 짐승처럼 걷는 노인들은 인간이 아닌 것처럼 묘사되고 있습니다. 죽음이 얼마 남지 않은 나이인데도 오히려 그들의 생명력은 더 강해지고 있는 것처럼 보입니다. 노인들은 북적이는 장터를 빠른 걸음으로 지나쳐 신비로운 빛 속으로 사라집니다. 그 모습이 마치 신성한 존재가 인간 세상에 잠시 나타난 것처럼 낯설고 환상적인 이미지로 묘사되고 있지요. 그래서 이 작품을 읽고 있으면 「정주성」의 '파란 혼'들이 떠오릅니다. 노인들의 모습은 '파란 혼'들처럼 잃어버린 과거의 신성하고 행복했던 세계를 상기시킵니다. 누군가의 눈에는 퍽이나 심심했을 풍경이 백석의 독특한 묘사에 의해 생동감과 함께 신성함을 부여받게 된 것입니다.

「석양」에서 보듯 백석은 여러 곳을 떠돌며 과거의 행복한 세계를 간직한 풍물들을 수집합니다. 그가 사투리에 관심을 보인 것 역시 사투리가 그러한 풍물들을 가리키는 이름이었기 때문이지요. 이와 관련해 당대의 시인이자 평론가였던 오장환의 말을 들어 보겠습니다. 오장환은 『사슴』을 평하면서 백석의 시가 "갖은 사투리와 옛이야기, 연중행사의 묵은 기억 등을 그것도 질서도 없이 그저 곳간에 볏섬 쌓듯이 구겨 넣은 데에 지나지 않는 것"이라고 혹평한 바 있습니다.* 백석의 시에는 과거의 풍물과 사투리만 있지 아무런 내용이나 사상도 없다는 것이지요. 그럼에도 불구하고 그의 평가는 백석 시의 성격을 정확하게 파악한 것이기도 합니다. 백석의 시에는 상실된 것들의 흔적을 수집하려는 시인에게서 나타나는 언어적 특성이 고스란히 드러나 있기 때문입니다.

그래서 언뜻 보기에 백석의 시는 무척 낯섭니다. 당대의 독자들에게도 그랬고, 요즘 읽어도 그렇지요. 그러나 자꾸만 목구멍에 걸리는 낯선 방언들을 어느 정도 소화하고 나면 이물감은 금세 사라집니다. 방언이라는 낯선 포장을 한 꺼풀만 벗겨 내면, 오히려 누구에게나 포근하고 아늑한 낯익은 세계가 수줍게 모습을 드러냅니다. 그 과정에 도달하면 낯선 방언을 해독하는 일은 오히려 즐거움이 되지요. 즐겁고 편안하다는 것, 어쩌면 이러한 사실이야말로 평범

오장환, 「백석론」, 『오장환 전집』, 실천문학사, 2002, 216쪽.

한 독자들을 백석 시로 이끄는 강력한 요소라고 할 수 있습니다. 더구나 요즘처럼 즐겁지도 편안하지도 않은 세상에서는 더욱 그러할 것입니다. 각박한 세상에서 어떻게든 살아남기 위해 독자들은 더욱더 즐겁고 편안한 세계를 찾으려 하는지도 모르지요. 백석 또한 마찬가지였습니다. 그의 삶은 즐겁지도 편안하지도 않은 시절이 더 많았으나, 그는 항상 즐겁고 편안한 것들을 찾아 헤맸습니다. 과거의 풍물들을 통해 즐겁고 편안한 세계를 그리고 있는 작품 한 편을 보겠습니다.


연자간


달빛도 거지도 도적개도 모두 즐겁다
풍구재*도 얼럭소도 쇠드랑볕*도 모두 즐겁다


도적괭이 새끼락*이 나고
살진 족제비 트는 기지개 길고


해냥닭은 알을 낳고 소리치고
강아지는 겨를 먹고 오줌 싸고


풍구재 풍구. 곡물에 섞인 쭉정이나 먼지 따위를 날려서 제거하는 농기구
쇠드랑볕 창살 사이로 들어온 햇살
새끼락 야생동물이 성장하며 나오는 발톱


**백석 시의 시작이자 끝, 고향 정주**

개들은 게모이고 쌈짓거리하고
놓여난 도야지 둥구재벼오고*

송아지 잘도 놀고
까치 보해* 짖고

신영길 말이 울고 가고
장돌림 당나귀도 울고 가고

대들보 위에 베틀도 채일*도 토리개도 모두들 편안하니
구석구석 후치*도 보십*도 소시랑도 모두들 편안하니


　　1936년 문학잡지 〈조광〉에 발표된 「연자간」은 백석의 초기작에
속하는 작품입니다. 방언의 잦은 사용, 병렬과 대구의 활용 등 백석
시의 두드러지는 형식적 특징이 고스란히 담겨 있습니다. 백석의 작
품이 대개 그렇지만, 이 작품 역시 방언의 의미를 정확하게 몰라도
의미나 분위기를 감상하는 데는 별로 지장이 없습니다. 다만 방언에

둥구재벼오고　둥그렇게 안겨서 잡혀 오고
보해　계속해서
채일　차일. 햇볕을 가리기 위해 치는 포장
후치　'극젱이'의 방언. 땅을 가는 데 쓰는 농기구
보십　보습. 쟁기나 극젱이의 술바닥에 맞추는 삽 모양의 쇳조각

주의해서 읽으면 운율감이 더 고조되고, 방언의 의미를 해독하는 즐거운 과정을 거치게 되면 내용이 더 선명하게 눈에 잡히지요.

이 작품은 제목 그대로 연자간의 풍경을 담백하게 묘사하고 있습니다. 연자간은 어찌 보면 고된 노동의 현장입니다. 소나 말이 묵직한 돌덩이를 끌고 돌리게 해서 곡식을 찧거나 빻는 것이 연자방아입니다. 소나 말의 입장에서 보면 힘겨운 노동입니다. 그러나 모든 노동이 고통과 괴로움 일색인 것은 아닙니다. 생명을 위한 노동, 창조를 위한 생산은 반드시 필요한 일이고 또한 거룩한 일이지요. 곡식을 가꾸고 추수한 곡식을 먹을거리로 만드는 일 역시 거룩한 노동에 속할 것입니다. 묵직한 연자방아의 느릿느릿한 운동이 없다면 인간의 삶 또한 제대로 굴러가지 않습니다. 그러므로 연자간은 돌덩이를 굴려 올리는 쓸모없는 일을 반복하는 시지푸스의 노동이 아니라, 창조와 생산을 위한 즐거운 노동이 이루어지는 현장입니다.

이 작품에서 연자간 주위의 생명들이 모두 즐거움에 도취되어 있는 것도 그러한 까닭입니다. 인간이 연자방아를 돌리는 데 열중하는 것처럼, 연자간 주위의 생명들은 모두 각자의 일에 열중합니다. 개, 닭, 소 같은 동물들은 말할 것도 없고, 달빛 같은 자연이나 쇠스랑 같은 농기구도 모두 연자간이라는 공간에서는 제 몫의 즐거움을 충분히 만끽합니다. 다양한 것들이 모여 있지만, 어느 것 하나 차별받지 않으며 서로 어울려 조화를 이루지요. 백석은 그러한 조화의 상태를 두고 '편안하다'라고 말합니다. 즐겁게 각자의 일에 몰두하면서도 한데 어울려 있는 상태, '다양성의 조화'라고 부를 수 있는 바로 그 상태가 백석이 생각하는 '편안함'의 의미입니다. 그래서 이 시를 읽으면 즐겁고 편안해집니다. 방언의 의미를 새로 깨칠 때마다 몰랐던 존재가 꿈틀거리며 깨어나는 것을 느끼게 되고, 작고 보잘것없는 것들마저도 온전히 대접받는 세상에 당도한 것 같아 마음 한구석이 환하게 밝아지지요.

백석이 끊임없이 추구했던 것은 바로 그 '즐겁고 편안한' 세계였습니다. 그는 골동품 수집가처럼 박제가 된 과거의 추억을 더듬고 있었던 것이 아닙니다. 그는 과거의 풍물들을 민속촌에 진열하듯 닥치는 대로 그러모으는 대신에 근대 문명이라는 홍수 속에서도 여전히 명맥을 이어 가고 있는 즐겁고 편안한 세계의 흔적을 찾아 곳곳을 떠돌았습니다. 그가 찾는 세계는 잃어버린 세계인 동시에 다시 도래해야 할 미래의 세계이기도 했지요. 그러므로 백석이 찾던 세계를 향토적인 세계나 농촌 공동체의 추억이라고 섣불리 판단해서는 안 됩니다. 그렇게 말하는 것은 현재의 관점으로 바라보는 선입견일 뿐이지요. 그의 마음이 향하는 곳은 언제나 다양한 것들이 조화롭게 어울리는 즐겁고 편안한 세계였습니다. 그래서 백석의 시는 한 세기가 지난 뒤에도 여전히 독자들의 마음을 흔들어 놓습니다. 백석이 찾던 그 세계는 오늘의 독자들에게도 너무나 절실한 것이기 때문입니다.

흥미로운 사실은 후에 노천명이란 시인도 「연잣간」이라는 시를 발표했다는 점입니다. 작품 분위기나 기법 등이 백석의 「연자간」과 흡사합니다. 그도 그럴 것이 노천명은 백석의 시를 무척 좋아했다고 합니다. "모가지가 길어서 슬픈 짐승이여. 언제나 점잖은 편 말이 없구나."로 시작되는 노천명의 대표작 「사슴」 또한 백석을 염두에 두고 창작된 작품으로 알려져 있습니다. 이는 백석의 시집 『사슴』을 염두에 둔 것이자 백석의 풍모를 담은 작품으로 읽히기도 하지요. 실제로 노천명이 그리고 있는 사슴의 이미지는 백석의 이미지와도 별반 다르지 않습니다. 잃었던 전설을 생각해 내고 어찌할 수 없는 향수에 먼 데 산을 바라보는 사슴의 모습은 백석과 백석 시에 대한 정확한 분석이기도 합니다.


## 모닥불, 국, 목욕탕의 공통점

「연자간」 외에도 백석이 추구했던 즐겁고 편안한 세계를 그리고 있는 작품은 여럿 있습니다. 그 가운데 대표작을 꼽자면 「모닥불」, 「여우난골족」, 「조당에서」를 들고 싶습니다. 발표된 시기로 보자면, 「모닥불」과 「여우난골족」은 시집 『사슴』에 수록된 초기작에 속하고, 「조당에서」는 1941년 잡지 〈문장〉에 발표된 후기작이라고 할 수 있습니다. 세 작품이 다루고 있는 소재는 제각각이지만, 백석이 추구했던 세계를 전형적으로 담고 있다는 점은 공통적입니다. 초기작부터 후기작까지 동일한 세계가 등장하는 것을 보면, 즐겁고 편안한 세계를 향한 탐색이 백석 시 전반을 지배했다고 해도 무리는 아닐 것입니다.

모닥불

　　새끼오리도 헌신짝도 소똥도 갓신창<sup>*</sup>도 개니빠디<sup>*</sup>도 너울쪽<sup>*</sup>
도 짚검불도 가랑잎도 머리카락도 헝겊 조각도 막대꼬치도 기왓
장도 닭의 깃도 개 터럭도 타는 모닥불

　　재당<sup>*</sup>도 초시도 문장(門長) 늙은이도 더부살이 아이도 새사위
도 갓사둔<sup>*</sup>도 나그네도 주인도 할아버지도 손자도 붓장사도 땜
장이도 큰 개도 강아지도 모두 모닥불을 쪼인다

　　모닥불은 어려서 우리 할아버지가 어미 아비 없는 서러운 아이
로 불쌍하니도 몽둥발이가 된 슬픈 역사가 있다


「모닥불」에서 모든 사물들은 모닥불의 불꽃이 만들어 내는 안온
한 빛에 싸여 있습니다. 모닥불이 만들어 내는 세계 속에서 모든 것
은 다정하게 어울립니다. 1연에 제시된 것들은 모두 못 쓰게 버려진
것들입니다. '헌신짝'에서 보듯 그것들은 전체의 일부분을 이루는

갓신창  가죽신의 밑창
개니빠디  개의 이빨
너울쪽  널빤지 조각
재당  제사나 문중 회의를 주관하던, 집안의 어른
갓사둔  새 사돈

것이지만, 쓸모가 없어져서 분리되고 버려진 것들입니다. 모닥불은 그렇게 분리되고 버려진 것들을 한데 모아 불꽃과 온기를 만들어 냅니다.

2연에 제시된 것들은 둘씩 짝을 이루고 있습니다. '재당/초시', '문장 늙은이/더부살이 아이', '새사위/갓사둔', '나그네/주인', '할아버지/손자', '붓장사/땜쟁이', '큰 개/강아지' 등은 서로 대조를 이룸으로써 구별되는 것들입니다. 이들 모두가 똑같이 모닥불을 쪼입니다. 그들은 개별적이고 서로 대조적인 존재들이지만 모닥불을 쪼이는 동안만은 하나로 엮여 있지요. 모닥불의 온기는 그들 각자에게 생명력을 제공하는 동시에 그들 모두를 하나로 통합해 냅니다. 그래서 「연자간」에서 다양한 존재들이 즐겁고 편안한 세계를 만들어내는 것처럼, 「모닥불」의 사물들 역시 다양성의 조화를 통해 즐겁고 편안한 세계에 동참하고 있지요.

그런데 백석은 모닥불의 불꽃 속에서 슬픈 역사를 봅니다. 이 작품의 3연을 두고 그동안 해석이 분분했습니다. "몽둥발이가 된 슬픈 역사"라는 구절이 쉽게 해석되지 않았기 때문입니다. '몽둥발이'란 딸려 붙었던 것이 다 떨어지고 몸뚱이만 남은 상태를 말하지요. 그래서 어떤 이는 할아버지가 화상을 입어 장애인이 되었다는 평면적인 해석을 내놓기도 했지만, 고아로 자란 할아버지의 모습에 대한 비유라고 보는 것이 일반적인 해석입니다. 그러나 이 구절을 어떻게 해석하든 백석이 역사를 슬픈 것으로 판단하고 있다는 사실만은 변함이 없습니다.

백석이 보기에 모닥불은 따뜻한 온기 속에서 다양한 것들이 하나로 어울리던 세상의 흔적 같은 것입니다. 그가 살고 있는 역사 혹은 현실은 그러한 즐겁고 편안한 세계가 흔적으로만 남아 있는 세계이지요. 모닥불이 타 버린 뒤의 재처럼 그가 살고 있는 세상은 온통 잿빛으로 변해 버렸습니다. 그래서 그는 여러 작품을 통해 자신이 살아가야 하는 세상에 대한 혐오를 격하게 표출하기도 합니다. 예컨대 앞으로 살펴보게 될 「나와 나타샤와 흰 당나귀」에서는 "더러운 세상"을 욕하는 모습이 나옵니다. 그러한 절규들은 즐겁고 편안한 세계를 향한 그의 갈망이 얼마나 깊은 것이었는지를 더 선명하게 드러내지요.

따뜻한 온기 속에서 여러 존재들이 하나로 통합되는 모습은 「여우난골족」이라는 작품에서도 발견할 수 있습니다.

여우난골족[*]

명절날 나는 엄매 아배 따라 우리 집 개는 나를 따라 진할머니[*]
진할아버지가 있는 큰집으로 가면
얼굴에 별 자국이 솜솜 난 말수와 같이 눈도 껌벅거리는 하루
에 베 한 필을 짠다는 벌 하나 건넛집엔 복숭아나무가 많은 신리

여우난골족 여우가 나오는 골짜기에 사는 가족
진할머니 친할머니

(新里) 고모 고모의 딸 이녀(李女) 작은 이녀(李女)

열여섯에 사십이 넘은 홀아비의 후처가 된 포족족하니 성이 잘
나는 살빛이 매감탕* 같은 입술과 젖꼭지는 더 까만 예수쟁이 마
을 가까이 사는 토산(土山) 고모 고모의 딸 승녀(承女) 아들 승동이

육십 리라고 해서 파랗게 보이는 산을 넘어 있다는 해변에서
과부가 된 코끝이 빨간 언제나 흰옷이 정하던 말끝에 섧게 눈물
을 짤 때가 많은 큰골 고모 고모의 딸 홍녀(洪女) 아들 홍동이 작은
홍동이

배나무 접을 잘하는 주정을 하면 토방돌을 뽑는 오리치를 잘
놓는 먼 섬에 반디젓 담그러 가기를 좋아하는 삼촌 삼촌엄매 사
촌 누이 사촌 동생들


이 그득히들 할머니 할아버지가 있는 안간에들 모여서 방 안에
서는 새옷의 내음새가 나고

또 인절미 송구떡 콩가루차떡의 내음새도 나고 끼때*의 두부
와 콩나물과 볶은 잔디와 고사리와 도야지비계는 모두 선득선득
하니 찬 것들이다

저녁술을 놓은 아이들은 외양간 옆 밭마당에 달린 배나무 동산
에서 쥐잡이를 하고 숨굴막질*을 하고 꼬리잡이를 하고 가마 타

매감탕 엿을 고아 내거나 메주를 쑤어 낸 솥에 남은 진한 갈색의 물
끼때 끼니 때
숨굴막질 숨바꼭질

고 시집가는 놀음 말 타고 장가가는 놀음을 하고 이렇게 밤이 어둡도록 북적하니 논다

밤이 깊어 가는 집 안엔 엄매는 엄매들끼리 아랫간에서들 웃고 이야기하고 아이들은 아이들끼리 윗간 한 방을 잡고 조아질*하고 쌈방이 굴리고 바리깨돌림*하고 호박떼기하고 제비손이구손이하고 이렇게 화대의 사기 방등에 심지를 몇 번이나 돋우고 홍계닭이 몇 번이나 울어서 졸음이 오면 아랫목싸움 자리싸움을 하며 히드득거리다 잠이 든다 그래서는 문창에 텅납새의 그림자가 치는 아침 시누이 동서들이 욱적하니 홍성거리는 부엌으론 샛문 틈으로 장지문 틈으로 무이징게국을 끓이는 맛있는 내음새가 올라오도록 잔다

「여우난골족」은 시집 『사슴』에 수록된 작품입니다. 이 작품에는 어린 시절 경험했던 명절의 풍경이 담겨 있습니다. 명절은 서로 떨어져 살던 친척들, 이승과 저승으로 나뉘어 있던 조상과 후손들이 하나가 되는 날입니다. 공동체의 구성원이 모두 참여하는 신성한 의식이라고 할 수 있지요. 또한 하나하나 정성스럽게 준비한 음식을 통해 자연과 문화가 통합되는 순간이기도 합니다. 그런 까닭에

조아질 공기놀이
바리깨돌림 주발 뚜껑을 팽이처럼 돌리며 노는 모습

서로 다른 영역으로 분리되어 있던 경험들이 명절에는 하나로 녹아듭니다. 본래 명절과 같은 각종 제의들은 흘러가는 시간을 단절시켜 우주가 탄생하던 최초의 시간으로 되돌림으로써 우주를 재창조하려는 행위와 같은 것입니다. 여러 문화권에서 공통적으로 설날을 성대한 명절로 기념하는 것도 그러한 까닭이지요.

　이 작품에는 명절에 볼 수 있는 다양한 순간들이 하나로 녹아들어 있습니다. 명절에 얽힌 장면들이 각 연마다 제시되고, 그러한 장면들이 모여 명절에 관한 한 편의 이야기를 만들어 내고 있지요. 3연에서는 명절날 맛볼 수 있는 음식에 대해서 이야기합니다. 이어지는 4연에서는 명절을 맞아 한자리에 모인 아이들의 북적대는 놀이 풍경을 그립니다. 마지막 5연에서는 명절 전야의 풍경을 담았습니다. 어른들은 자기들끼리 '아랫간'에서 어울리고 아이들은 '윗간'에 모여 노느라 시간 가는 줄 모르지요. 언뜻 보면 어른들의 세계와 아이들의 세계가 나뉘어 있는 듯하지만, 그 자체로 어떤 부조화 없이 자연스러운 풍경이 됩니다. 「연자간」의 사물들처럼 아이와 어른들은 자신들만의 즐거움에 심취해 있고, 「모닥불」의 사물들처럼 그들은 "사기방등"이라는 따뜻한 불빛 아래 하나의 풍경으로 통합되어 있습니다.

　그렇게 하나로 통합된 모습을 가장 선명하게 보여 주는 것이 이 시의 마지막에 등장하는 '무이징게국'입니다. '무이징게국'이 끓고 있는 모습은 이 작품에 제시된 모든 장면들에 대한 상징과도 같습니다. 한국 음식 문화의 독특한 특징 가운데 하나인 국은 다양한 재료들이 끓는 물의 열기 속에서 하나로 녹아들어야 맛이 나는 음식입니다. 이 작품의 '무이징게국'은 뜨거운 열기로 달아오르면서 맛있는 냄새를 풍깁니다. 맛있는 냄새가 난다는 것은 갖가지 재료들이 하나로 어우러졌다는 것을 알려 주지요. 그런 냄새를 맡을 때마다 인간은 즐겁고 편안해집니다.

'무이징게국'의 이미지는 「조당에서」라는 시로 이어집니다. 이 작품에서는 인간들이 저마다 국 속의 재료가 되어 하나로 어우러져 있습니다.


### 조당(澡塘)에서


나는 지나(支那) 나라 사람들과 같이 목욕을 한다
무슨 은(殷)이며 상(商)이며 월(越)이며 하는 나라 사람들의 후
손들과 같이
한 물통 안에 들어 목욕을 한다
서로 나라가 다른 사람인데
다들 쪽 발가벗고 같이 물에 몸을 녹이고 있는 것은
대대로 조상도 서로 모르고 말도 제가끔 틀리고 먹고 입는 것
도 모두 다른데
이렇게 발가들 벗고 한 물에 몸을 씻는 것은
생각하면 쓸쓸한 일이다
이 딴 나라 사람들이 모두 이마들이 번번하니 넓고 눈은 컴컴

하니 흐리고

　　그리고 길줏한 다리에 모두 민숭민숭하니 다리털이 없는 것이

　　이것이 나는 왜 자꾸 슬퍼지는 것일까

　　그런데 저기 나무판장에 반쯤 나가 누워서

　　나주볕을 한없이 바라보며 혼자 무엇을 즐기는 듯한 목이 긴

사람은

　　도연명(陶然明)은 저러한 사람이었을 것이고

　　또 여기 더운물에 뛰어들며

　　무슨 물새처럼 악악 소리를 지르는 삐삐 파리한 사람은

　　양자(楊子)라는 사람은 아무래도 이와 같았을 것만 같다

　　나는 시방 옛날 진(晉)이라는 나라나 위(衛)라는 나라에 와서

　　내가 좋아하는 사람들을 만나는 것만 같다

　　이리하야 어쩐지 내 마음은 갑자기 반가워지나

　　그러나 나는 조금 무서웁고 외로워진다

　　그런데 참으로 그 은이며 상이며 월이며 위며 진이며 하는 나

라 사람들의 이 후손들은

　　얼마나 마음이 한가하고 게으른가

　　더운물에 몸을 불키거나 때를 밀거나 하는 것도 잊어버리고

　　제 배꼽을 들여다보거나 남의 낯을 쳐다보거나 하는 것인데

　　이러면서 그 무슨 제비의 춤이라는 연소탕(燕巢湯)이 맛도 있는

것과

또 어느 바루[*] 새악시가 곱기도 한 것 같은 것을 생각하는 것
일 것인데

나는 이렇게 한가하고 게으르고 그러면서 목숨이라든가 인생
이라든가 하는 것을 정말 사랑할 줄 아는

그 오래고 깊은 마음들이 참으로 좋고 우러러진다

그러나 나라가 서로 다른 사람들이

글쎄 어린아이들도 아닌데 쪽 발가벗고 있는 것은

어쩐지 조금 우스웁기도 하다

  이 작품은 백석이 만주에 체류할 때 발표한 작품입니다. 1930년
대 후반에 이르면 일제의 탄압이 전보다 더 격심해집니다. 1937년
일제가 중일전쟁을 일으키면서 식민지인 조선도 전쟁을 위한 수탈
의 대상이 되지요. 그래서 이 무렵 많은 조선인들이 일제의 핍박을
견디다 못해 고향을 버리고 중국을 향해 떠났습니다. 백석도 마찬
가지였습니다. 1939년 백석은 잡지사 일을 그만두고 만주의 신경
이라는 지역으로 이주합니다. 이 작품은 그 시절의 경험을 담고 있
지요.

  '조당'이란 공중목욕탕을 가리킵니다. 중국인들과 함께 목욕탕에
들어선 화자는 그들이 모두 '나라가 다른' 사람이라고 여깁니다. 여
기서 '나라'라는 말은 한국이나 중국과 같이 지금 우리가 살고 있는

바루 곳

국가를 의미하지 않습니다. 목욕탕에서 화자가 만난 사람들은 모두 '중국'이라는 근대 국가의 국민들이지만, 화자는 그들의 나라가 은, 상, 월과 같은 고대 국가라고 말하지요. 백석의 눈에 그들은 항상 어떤 '나라'의 후손으로 비칩니다. 그러니까 백석은 그가 살던 당대에 존재했던 국가보다는 오래된 나라에서 소속감과 정체성의 근거를 찾고 있는 셈입니다. 이는 백석이 언제나 현재보다는 과거를, 새롭게 나타난 것들보다는 오랜 시간을 이어 온 것들을 더 중시하고 있기 때문이지요. 그렇게 긴 시간 속에서 보면, 자신이 살던 시대에 그어진 국가의 경계라는 것은 그다지 의미가 없다고 백석은 생각했을 것입니다.

나라가 다르다는 사실로 경험한 이질감은 '딴 나라' 사람들의 신체를 보면서 더욱 확대됩니다. 그러나 곧 백석은 현재를 떠나 먼 과거에서 그들을 만나고 그들의 마음을 헤아리게 되면서 그들과 친밀감을 느낍니다. 그들은 겉모습은 중요한 것이 아니라는 듯이 "몸을 불키거나 때를 밀거나 하는 것도 잊어버리고" 게으르고 한가한 생각에 열중합니다. 백석은 그들의 그런 모습에서 '오래고 깊은 마음'을 발견하지요. 그리고 그런 마음들로 인해 백석과 그들 사이의 거리는 좁혀집니다. 뜨거운 열기가 만들어 내는 편안함 속에서 국적 같은 인위적 경계는 아무런 의미도 갖지 못합니다. 그들은 각각 다른 나라의 사람들이 아니라 즐겁고 편안한 세계의 마음을 간직하고 있는 같은 '나라' 사람들이기 때문이지요.

이 작품에서 더운 물이 끓어오르고 있는 목욕탕의 이미지는 「여우난골족」의 '무이징게국'을 떠올리게 합니다. 그것들은 모두 뜨겁게 끓어오르면서, 그 안에 있는 것들을 하나로 만들어 내지요. 서로 다른 재료가 국 속에서 하나로 화합하는 것처럼, 각각 다른 나라에서 온 사람들도 목욕탕 속에서는 하나가 됩니다. 목욕탕의 이미지는 모든 대상을 뜨거움 속에서 화합시키던 '모닥불'의 모습과도 닮아 있습니다. 이렇듯 초기작에서 후기작에 이르기까지 백석을 사로잡았던 것은, 바로 그렇게 차이 나는 것들을 하나로 묶어 내고 화합시키는 '뜨거움'이었습니다. 그런 뜨거움 속에서 인간은 즐거움과 편안함을 느끼지요. 인위적인 경계들로 인해 단절되었던 것들이 다시 이어지고, 억압되었던 생명력이 제 빛깔을 되찾습니다. 백석 시에 음식과 유년의 기억이 자주 등장하는 것도 그러한 까닭입니다. 그것들은 모두 왕성한 생명력의 기원이자 꾸밈없는 즐거움의 원천이지요. 그래서 그것들은 즐겁고 편안한 세계로 가는 통로에 놓여 있습니다. 이렇듯 고향은 백석 시의 출발점이자 최종의 목적지였습니다.

백석은 최종 목적지로 향하는 과정에서 시의 형식에서도 혁신을 이루어 냈습니다. 그는 무수한 방언들을 활용해 우리말을 풍부하게 확장시켰습니다. 그에 의해 잠자고 있던 아름다운 우리말들이 시의 언어가 될 수 있었습니다. 또 그는 다양한 구문을 활용해 우리말 문장의 새로운 맛을 찾아냈지요. 반복과 나열의 방법을 통해 새로운 운율을 만들어 내고, 때로는 단 2행만으로 시를 구성하는 등 다양한 형식을 선보였습니다. 다채로운 감각어를 활용해 대상을 묘사하면서도 백석 시의 언어는 철저하게 절제되어 있습니다. 과도하게 감정이입하는 대신 최대한 담담하고 객관적으로 대상을 응시하지요. 이렇듯 백석은 시의 내용뿐만 아니라 언어, 감각, 문장, 형식, 양식, 태도 등 시의 모든 미적 자질에 걸쳐 새로운 것을 추구했습니다. 그로 인해 백석은 시의 모든 방면에서 당대의 어느 시인과도 구분되는 독특한 경지를 개척할 수 있었고, 바로 그것은 오늘의 독자들이 백석 시에 열광하는 이유 중 하나이기도 합니다.

# 식민지 고향의 풍경

| 백석이 살던 시대 |

백석이 시를 쓰던 무렵, 많은 시인들은 새롭게 변하는 도시의 모습에 관심을 보였습니다. 그러나 백석의 시는 도시를 떠나 홀로 고향을 향했지요. 백석의 고향을 따라 그가 살던 시대로 걸어 들어가 볼까요?

## 백석의 고향, 정주

백석은 지금으로부터 백 년 전인 1912년에 태어났습니다. 그때는 일본에 나라를 빼앗긴 엄혹한 시절이기도 했지만, 오늘날 우리가 먹고 입고 살아가는 모든 삶의 원형이 막 만들어지던 때이기도 했지요.

그래서 백석도 최신 유행의 양복을 입고 커피를 마시고 '아서라 세상사'를 들을 유성기 하나 없다고 한탄합니다. 그러나 시인의 마음은 언제나 어린 시절을 보냈던 고향을 향해 있었습니다. 백석의 고향은 문명과는 거리가 멀었던 궁벽한 두메산골이었지만 개도 닭도 소도, 또 달빛

1920년대의 라디오.

19세기 말에서 20세기 초에 널리 사용되던 연자방아.

도 쇠스랑도 모두 편안하고 즐거운 연자간이 있는 아늑한 시골 마을이었지요.

백석의 고향 정주는 우리나라 서북쪽, 중국과 맞닿아 있는 평안북도의 제법 큰 고장입니다. 북쪽으로는 산이 높고 깊었지만 남쪽으로는 해안을 따라 너른 평야가 있고 평양과 신의주를 잇는 길목에 위치했지요. 그래서 1904년 러일전쟁 때 러시아군이 압록강을 건너와 정주에서 첫 번째 전투가 벌어질 만큼 예로부터 국방상의 요충지이자 대륙과의 문물을 교류하는 관문의 역할을 했습니다.

때문에 마을을 벗어나 시내로 나가면 전신주가 늘어선 신작로를 따라 신식 건물이 들어선 도시의 풍경을 만날 수 있었습니다. 한편에는 사극에서나 볼 수 있는 옛 모습을 한 마을이 있고, 또 한편에는 학교와 극장, 상가가 늘어선 도시가 사람들을 유혹했던 것이지요.

물론 시골과 도시가 공존하고, 도시 사람들이 시골 고향을 그리워하는 것은 오늘날도 마찬가지입니다. 그러나 백석이 살던 시대 사람

일제강점기 농촌 마을과 신작로.

들에게 고향은 더 각별하고 애틋할 수밖에 없었습니다. 조상 대대로 살던 고향에서 강제로 떠나야 했기 때문입니다.

### 고향을 잃어버린 사람들

일제강점기 이전까지 사람들이 고향을 떠나는 일은 극히 드물었습니다. 태어난 마을에서 평생을 살다가 죽는 일이 자연스러운 삶의 방식이었지요. 그러나 날이 갈수록 궁핍해지는 삶을 견디다 못한 사람들은 고향을 떠나 도시로 광산으로 부두로, 더 멀리 나라 밖 만주로 연해주로 떠돌았습니다.

패자, 약자, 떠돌이, 고향을 잃어버린 자, 조국에서 쫓겨난 자, 국경 없는 유랑꾼이 우리의 별명이요, 오대양 육대주 사람 사는 거리거리 가는 곳마다 발 구르는 소리요 피눈물이었다.

일제강점기 고향을 떠나 일본 큐슈 탄광에 강제로 끌려간 이들의 사진과 탄광 벽에서 발견된 '어머니 보고 싶어요. 배가 고파요. 고향에 가고 싶다'는 낙서.

1919년 3·1운동 때 충무에서 만들어진 충무독립선언서의 한 구절만 읽어 봐도 당시 사람들이 어떤 마음으로 정겨운 가족과 이웃을 뒤로 하고 고향을 떠났는지 느낄 수 있습니다. 더구나 1930년대 후반 침략 전쟁을 일으킨 일본은 한국인들을 전쟁에 끌어들였습니다. '전시 총동원 체제'라는 이름 아래 젊은이들은 중국, 동남아시아, 태평양의 섬

마을 어귀 장승들 앞에 선 오누이, 백석의 어린 시절인 1910년 무렵 찍힌 사진이다.

등 최전방 부대로 보내져 전쟁의 총알받이가 되었습니다. 징용이라는 이름으로 무기 공장이나 광산으로 끌려간 사람들 역시 살아서 고향 땅을 밟지 못한 이들이 많았습니다. 일제 말기 해외 동포의 수가 전체 인구의 6분의 1이나 되는 400만 명이나 되었던 것을 생각하면 고향을 잃은 이들이 얼마나 많았는지 알 수 있지요.

낯선 타향에서 이들을 지탱해 준 것은 무엇이었을까요? 백석의 시에 담긴 세계처럼 다양한 것들이 조화롭게 어울리던 어린 시절의 즐겁고 행복했던 고향이 아니었을까요? 강제 징용에 끌려간 이가 탄광 벽에 '고향에 가고 싶다'고 적을 때 그가 그린 고향은 백석의 시에 나오듯 "명절 날 엄매 아배 따라" "인절미 송기떡 콩가루찰떡의 내음새도 나고 두부와 콩나물과 볶은 잔디와 고사리와 도야지비계"도 먹고 "외양간 옆 밭마당에 달린 배나무 동산에서 쥐잡이를 하고 숨굴막질을 하고 꼬리잡이를 하고 가마 타고 시집가는 놀음 말 타고 장가가는 놀음을 하고 이렇게 밤이 어둡도록 북적하니" 놀았던 고향이었을 것입니다. ◉

4

가난한 내가
아름다운 나타샤를
사랑해서

{ 백석이 사랑한 이들 }

## 조각처럼 아름다운 사람

시인이라면 누구나 사랑에 관한 시 몇 편쯤은 남기기 마련입니다. 시인도 인간이고, 인간이 살면서 피할 수 없는 것 중에 하나가 사랑이기 때문이지요. 백석도 그러했습니다. 그 역시 몇 번의 사랑을 경험했고, 그가 겪은 애절한 사랑 이야기는 꽤나 유명하기도 합니다. 백석의 시는 알지 못해도 그를 사랑했던 '자야'라는 여인만은 기억하는 이들이 있을 정도입니다.

사진을 보면 알 수 있듯이 백석은 당대에도 미남으로 통했고, 지금 보아도 남부럽지 않은 외모의 소유자였습니다. 그의 외모가 뛰어나다는 사실은 여성들뿐만 아니라 남성들도 인정하는 사실이었지요. 백석과 절친했던 화가 정현웅은 백석의 프로필을 그리면서 다음과 같이 적기도 했습니다.

"미스터 백석의 프로필은 조각상과 같이 아름답다. 미스터 백석은 서반아 사람과도 같고 필리핀 사람도 같다. 미스터 백석에게 서반아 투우사의 옷을 입히면 꼭 어울릴 것이라고 생각한다."

백석의 사진을 보고 있으면 그가 동상처럼 아름답고 스페인 사람이나 필리핀 사람처럼 이국적이라는 정현웅의 말이 과장이 아님을 알 수 있습니다. 일본에서 함께 유학했던 친구들의 증언에 따르면, 백석은 세련미가 넘쳐 여학생들에게 인기가 높았다고 합니다. 일본 유학파 출신의 엘리트인데다 당시로서는 선망의 직업이었던 기자로 일하고 있었고 용모까지 수려했으니 그를 사모하는 여인이 많은 것은 당연지사였지요. 그러나 백석은 당시 유학생이라면 흔히 빠져들었던 신식 연애 한번 하지 않았고, 귀국해서도 한동안은 일과 창작에만 몰두했습니다.

　백석의 첫 번째 사랑 이야기는 그가 잡지사 〈여성〉에 근무하면서 번역문과 소설을 발표하던 1935년 여름에 시작됩니다. 그해 6월, 백석은 친구 허준의 결혼 축하 모임에 참석했습니다. 허준은 백석보다 두 살 연상이었지만 두 사람은 절친한 친구로 지냈습니다. 허준의 고향도 평안북도였고, 백석이 일본에 유학하는 동안 허준 역시 유학 생활을 하고 있었기 때문에 둘의 사이는 금세 가까워졌지요. 허준은 시를 발표하며 문단에 등장했지만 얼마 지나지 않아 시 창작을 단념하고 소설에만 전념하게 됩니다. 그는 당대 지식인의 자의식을 탁월하게 묘사한, 이른바 '심리주의 소설'을 발표함으로써 문단의 주목을 받았습니다. 그런 허준을 어찌나 아꼈는지, 백석은 허준이 한창 소설 창작에 매진할 무렵 그의 이름을 제목으로 한 「허준」이라는 시를 발표하기도 했지요.

허준

그 맑고 거룩한 눈물의 나라에서 온 사람이여
그 따사하고 살뜰한 볕살*의 나라에서 온 사람이여

눈물의 또 볕살의 나라에서 당신은
이 세상에 나들이를 온 것이다
쓸쓸한 나들이를 다니러 온 것이다

눈물의 또 볕살의 나라 사람이여
당신이 그 긴 허리를 굽히고 뒷짐을 지고 지치운 다리로
싸움과 흥정으로 왁자지껄하는 거리를 지날 때든가
추운 겨울밤 병들어 누운 가난한 동무의 머리맡에 앉아
말없이 무릎 위 어린 고양이의 등만 쓰다듬는 때든가
당신의 그 고요한 가슴 안에 온순한 눈가에
당신네 나라의 맑은 하늘이 떠오를 것이고
당신의 그 푸른 이마에 삐여진 어깻죽지에
당신네 나라의 따사한 바람결이 스치고 갈 것이다

높은 산도 높은 꼭대기에 있는 듯한

볕살 내쏘는 햇빛

**백석이 사랑한 이들**

아니면 깊은 물도 깊은 밑바닥에 있는 듯한 당신네 나라의
하늘은 얼마나 맑고 높을 것인가
바람은 얼마나 따사하고 향기로울 것인가
그리고 이 하늘 아래 바람결 속에 퍼진
그 풍속은 인정은 그리고 그 말은 얼마나 좋고 아름다울 것인가

다만 한 사람 목이 긴 시인은 안다
'도스토이에프스키'며 '조이스'며 누구보다도 잘 알고 일등 가
는 소설도 쓰지만
아무 것도 모르는 듯이 어드근한 방 안에 굴러 게으르는 것을
좋아하는 그 풍속을
사랑하는 어린것에게 엿 한 가락을 아끼고 위하는 아내에겐 해
진 옷을 입히면서도
마음이 가난한 낯설은 사람에게 수백 냥 돈을 거저 주는 그 인
정을 그리고 또 그 말을
사람은 모든 것을 다 잃어버리고 넋 하나를 얻는다는 크나큰
그 말을

그 멀은 눈물의 또 볕살의 나라에서
이 세상에 나들이를 온 사람이여

이 목이 긴 시인이 또 게사니*처럼 떠곤다*고
당신은 쓸쓸히 웃으며 바둑판을 당기는구려

　이 작품에 묘사된 허준은 일급의 소설가이면서 게으른 사람입니다. 그는 아내와 자식에게는 푼돈도 쓰지 않는 '나쁜' 남편이자 아버지이지요. 게다가 자신의 가족은 돌보지도 않으면서 알지도 못하는 가난한 사람에게 거금을 쾌척하는 일도 마다하지 않을 정도로 현실 감각이 없습니다. 평범한 사람의 시선으로 보자면 그리 가까이 하고 싶지 않은 사람입니다. 특히 그의 가족들로서는 너무나 원망스러운 사람일 것입니다.
　그러나 백석의 생각은 다릅니다. 그는 허준을 눈물과 볕살의 나라에서 온 사람이라고 말하지요. 천상병 시인이 이승의 삶을 소풍이라고 말하기 수십 년 전에 이미 백석은 인간의 삶이 어떤 나라에서 다른 나라로 다녀오는 나들이라고 이야기합니다. 현실의 세계는 싸움과 흥정, 가난과 탐욕으로 넘치지만, 친구가 살던 나라는 맑고 높고 따스하고 향기롭습니다. 세상 사람들은 친구의 심성을 비난하지만 백석이 보기에는 그 친구야말로 거룩한 나라의 맑은 심성을 가진 인물이지요. 풍속과 인정과 말이 좋고 아름다운 그 나라는 백석이 그토록 찾아 헤매던 즐겁고 편안한 나라일 것입니다. 그러나

게사니 '거위'의 방언
떠고다 '떠들다'의 방언

　　　　　　　　　　　　　**백석이 사랑한 이들**

백석은 자신과 친구가 그러한 나라에서 너무나 멀리 떠나와 버렸다고 생각합니다.

그 나라는 지도에서 사라져 버렸지만, 백석은 그 나라를 가득 채웠던 마음들이 여전히 끈질기게 살아 있다는 사실을 알고 있습니다. 빠른 속도에 대한 열광이 점점 세상을 점령해 가지만, 여전히 어떤 이들은 속도 경쟁에서 물러나 게으르고 한가한 것을 좋아하는 풍속을 이어 갑니다. 즐겁고 편안한 나라에서는 속도를 다툴 일이 없습니다. 그 나라에서는 남보다 앞서 가려는 대신에 남과 함께 보조를 맞추려 합니다. 그래서 그 나라에는 인정이 넘칩니다. 함께 즐겁고 함께 편안해야 진정으로 즐겁고 편안해질 수 있다는 사실을 다들 알고 있기 때문이지요.

그러므로 백석이 보기에 게으름을 좋아하는 것은 버려야 할 나쁜 습관이 아니라 즐겁고 편안한 나라의 마음을 여전히 간직하고 있다는 증거입니다. 「조당에서」라는 작품에서도 백석은 게으르고 한가한 마음들이야말로 좋고 우러러지는 "오래고 깊은 마음"이라고 말한 바 있지요. 백석은 물질적 궁핍보다 마음의 가난을 더 안쓰럽게 여기는 친구의 모습 속에서 즐겁고 편안하던 그 나라의 마음이 면면히 살아 있다는 사실을 깨닫습니다. 그는 자신이 깨달은 바를 한 문장으로 압축해 냅니다.

"사람은 모든 것을 다 잃어버리고 넋 하나를 얻는다." 절친한 친구에게 바치는 최고의 찬사가 아닐 수 없지요?

## 첫사랑의 상처

백석과 그토록 각별했던 허준은 그해 5월 백석의 또 다른 친구인 신현중의 여동생 신순영과 결혼식을 치렀습니다. 신현중은 경남 하동 출신으로 경성제국대학에 입학한 수재였습니다. 일제에 저항하는 시위를 주도하다 3년의 옥살이를 마친 신현중은 〈조선일보〉에 근무하면서 백석과 친해졌습니다. 두 사람은 같은 직장에서 일할 때뿐만 아니라 퇴근 후에도 함께 시간을 보내는 일이 많을 정도로 가까운 사이였다고 합니다.

서울에서 열린 결혼식 피로연에는 신현중의 누나 신순정과 그의 제자들도 참석했습니다. 신순정은 통영에서 교사 생활을 하다 대학에 입학한 동생을 따라 경기도에서 교편을 잡고 있었습니다. 통영에서 가르쳤던 학생들 중에 서울로 진학한 이들이 있어 피로연에 초대를 받았고, 이때 참석한 이 중에 박경련이 있었습니다. 당시 박경련은 이화여고보에 재학 중이었는데, 백석은 처음 만난 그녀에게 호감을 갖게 되지요. 그는 박경련을 만난 이듬 해 발표한 수필 「편지」에서 그녀를 만나 사랑에 빠진 사연을 다음과 같이 기록하고 있습니다.

"남쪽 바닷가 어떤 낡은 항구의 처녀 하나를 나는 좋아하였습니다. 머리가 까맣고 눈이 크고 코가 높고 목이 패고 키가 호리낭창*하였습니다. 그가 열 살이 못되어 젊디젊은 그 아버지는 가슴

호리낭창 몸이 날씬하고 탄력이 있다

을 앓아 죽고 그는 아름다운 젊은 홀어머니와 둘이 동지섣달에도 눈이 오지 않는 따뜻한 이 낡은 항구의 크나큰 기와집에서 그늘 진 풀같이 살아왔습니다. 어느 해 유월이 저물게 실비 오는 무더운 밤에 처음으로 그를 안 나는 여러 아름다운 것에 그를 견주어 보았습니다. 당신께서 좋아하시는 산새에도 해오라비에도 또 진달래에도 그리고 산호에도……. 그러나 나는 어리석어서 아름다움이 닮은 것을 골라낼 수 없었습니다."

「편지」는 〈조선일보〉에 발표되었습니다. 신문 지상에서 자신이 흠모하는 여인을 언급할 정도로 백석은 박경련에 깊이 빠져들었던 모양입니다. 그녀가 어찌나 아름다운지 그와 비교할 만한 것을 찾아낼 수 없다는 고백은 사랑에 빠진 이들의 전형적인 모습이지요. 당시 백석의 나이는 스물넷이었고, 박경련의 나이는 열아홉이었습니다. 당시로서는 결혼 적령기였지요. 이미 결혼한 허준과 약혼자가 있던 신현중도 백석의 속마음을 읽어 내고는 결혼을 재촉했다고 합니다.

박경련을 처음 만나고 몇 달이 지난 1935년 12월, 백석은 박경련의 고향인 통영을 방문하고 이를 토대로 「통영」이란 제목의 첫 번째 시를 발표합니다. 이때 백석의 통영행이 박경련을 만나기 위한 것이었는지, 또 이 작품에 등장하는 '천희'라는 여인이 박경련을 가리키는 것인지에 대해서는 학자들마다 의견이 분분합니다. 시인들은 구체적인 대상을 있는 그대로 시에 표현하기도 하지만, 자신만의 방식으로 채색하는 경우도 많기 때문이지요. 그래서 시에 담긴 언급을 현실에 대한 사실적 기록으로 이해하는 것은 경계해야 합니다. 다만 이 작품이 박경련을 만나고 나서 얼마 지나지 않아 발표되었고 박경련이 통영 출신이라는 점을 고려하면, 박경련에 대한 백석의 관심과 애정이 표현된 것만은 분명해 보입니다.

이듬해인 1936년 1월, 백석은 신현중과 함께 두 번째로 통영을 방문합니다. 이때에는 박경련에게 자신이 통영에 간다는 사실을 전보로 미리 알렸다고 한 것으로 보아 박경련을 만나려고 했던 것이 분명합니다. 그런데 백석이 통영에 도착하기로 한 날은 공교롭게도 박경련이 방학을 마치고 서울로 올라가려던 날이었습니다. 결국 백석은 박경련을 만나지 못하고 그녀의 외사촌 서병직의 대접만 받고 발길을 돌릴 수밖에 없었지요. 이때의 체험이 녹아 있는 것이 「통영」이라는 제목의 두 번째 작품입니다.


통영


구마산(舊馬山)의 선창에선 좋아하는 사람이 울며 나리는 배에
올라서 오는 물길이 반날
갓 나는 고장은 갓 같기도 하다


바람 맛도 짭짤한 물맛도 짭짤한

전복에 해삼에 도미 가재미의 생선이 좋고
파래에 아개미에 호루기*의 젓갈이 좋고


새벽녘의 거리엔 쾅쾅 북이 울고
밤새껏 바다에선 뿡뿡 배가 울고


자다가도 일어나 바다로 가고 싶은 곳이다


집집이 아이만 한 피도 안 간 대구를 말리는 곳
황화장수 영감이 일본 말을 잘도 하는 곳
처녀들은 모두 어장주한테 시집을 가고 싶어 한다는 곳
산 너머로 가는 길 돌각담에 갸웃하는 처녀는 금(錦)이라던 이
같고
내가 들은 마산 객주집의 어린 딸은 난(蘭)이라는 이 같고


난(蘭)이라는 이는 명정(明井)골에 산다는데
명정골은 산을 넘어 동백나무 푸르른 감로 같은 물이 솟는 명
정샘이 있는 마을인데
샘터엔 오구작작* 물을 긷는 처녀며 새악시들 가운데 내가 좋


호루기 꼴뚜기과에 속하는 소형 오징어
오구작작 여럿이 뒤섞여 수선스럽게 떠드는 모양


백석_4

아하는 그이가 있을 것만 같고

내가 좋아하는 그이는 푸른 가지 붉게붉게 동백꽃 피는 철엔
타관 시집을 갈 것만 같은데

긴 토시 끼고 큰머리 얹고 오불고불 넘엣거리로 가는 여인은
평안도서 오신 듯한데 동백꽃 피는 철이 그 언제요


옛 장수 모신 낡은 사당의 돌층계에 주저앉아서 나는 이 저녁
울 듯 울 듯 한산도 바다에 뱃사공이 되어 가며

영* 낮은 집 담 낮은 집 마당만 높은 집에서 열나흘 달을 업고
손방아만 찧는 내 사람을 생각한다


　이 작품에서 '금이라는 이'는 김천금을, '난이라는 이'는 박경련을
가리킵니다. 박경련의 집은 충무공의 사당 충렬사에서 가까운 명정
골 396번지에 있었다고 합니다. 백석은 박경련의 고향인 통영의 모
습을 아름답게 묘사하면서 그에 대한 애정을 넌지시 고백하고 있습
니다. 여러 사람이 보는 지면에 발표했기 때문에 본심을 적나라하
게 드러내지는 않았지만, 사모하는 사람에 대한 진한 그리움을 작
품의 곳곳에서 발견할 수 있지요. 당사자인 박경련도 이 시를 읽었
을 테고, 자신에 대한 백석의 마음도 충분히 헤아리고 있었을 것입
니다.


영 지붕

　　　　　　　　　　　　　　　　　　**백석이 사랑한 이들**

두 달여가 흐른 후, 백석은 「통영」이라는 제목의 세 번째 시를 발표합니다. 이 작품은 1936년 3월 5일부터 8일까지 〈조선일보〉에 연재된 「남행시초」 연작 중 한 편입니다. 충실한 기행시의 형식을 취하고 있을 뿐인 이 연작에서 박경련에 대한 연정을 연상시키는 대목은 찾기 어렵습니다. 다만 「통영」 말미에 두 번째 통영행에서 만났던 박경련의 외사촌 "서병직 씨에게"라는 헌사가 붙어 있는 걸 보면, 이 연작이 박경련을 염두에 두고 씌어진 것만은 짐작할 수 있습니다. 그러나 사모하는 마음만 깊어 갈 뿐 박경련과의 관계에는 아무런 진척도 없이 시간만 흐르고 있었지요.

그러던 중인 1936년 4월, 백석은 조선일보를 사임하고 서울을 떠나 함흥의 영생고보 영어 교사로 부임합니다. 백석은 시집 『사슴』을 통해 문단의 유명 인사가 되어 있었기 때문에 백석의 부임은 영생고보 학생들로서는 놀랄 만한 일이었습니다. 당시 함흥은 백석의 고향 정주만큼 외진 곳이었습니다. 그런 곳에 유행의 첨단을 보여 주는 복장을 하고 백석이 나타났으니 학생들로서는 충격이 아닐 수 없었겠지요. 백석은 출석부를 보지 않고도 이름을 일일이 외워 부를 정도로 학생들에게 깊은 관심을 쏟았고 강의 실력 또한 뛰어나서 부임한 지 얼마 지나지 않아 최고의 인기 교사가 되었습니다.

백석은 시인답게 학교 문예반을 지도했을 뿐만 아니라 미술부에도 관여했습니다. 또 백석은 당시 함흥에서 우수한 성적을 거두고 있던 영생고보 축구부를 이끌었습니다. 백석은 축구를 무척 좋아했다고 합니다. 하지만 실력이 썩 뛰어난 편은 아니었던 듯합니다. 당시 축구부 골키퍼였던 김희모라는 졸업생은 백석의 모습을 이렇게 회고했습니다.

> 연습 경기에서는 선수가 되어 뛰기도 하지만 솜씨는 썩 좋은 편이 아니었다. 그러나 축구를 하려는 열정만은 우리를 감동시키기에 충분했다. (…중략…) 영생학교 운동장 주변에는 아름드리 포플러가 늘어서 있었다. 또한 다른 한 편에는 아카시아가 여러 그루 있었다. 축구부를 지도하시다가도 아카시아 향기가 진동할 때면 그곳으로 가서 '아!' 하고 폼을 잡으시며 4~5분 동안 우두커니 서 있기도 하셨다. '이런 것이 시인의 모습이구나' 하고 나는 생각했지만 당시에는 느낄 겨를이 없었다.*

함흥 생활에 잘 적응했지만 여전히 박경련을 그리워하던 백석은 1936년 말 겨울방학을 맞아 다시 허준과 함께 통영으로 향했습니다. 그때 박경련은 학교를 졸업하고 고향에 머무르고 있었습니다. 백석은 이미 안면이 있는 서병직을 만나 박경련에게 청혼하기 위해 통영에 내려왔다는 이야기를 전했습니다. 그러나 박경련의 집안에서 반대하는 바람에 백석은 아무 소득 없이 발길을 돌릴 수밖에 없었지요. 그로부터 넉 달 후인 1937년 4월, 백석에게는 너무나 충격적인 소식이 전해집니다. 절친했던 신현중이 박경련과 혼례를 치렀

송준, 『시인 백석2』, 흰당나귀, 2012, 54쪽.

**백석이 사랑한 이들**

다는 소식이었습니다.

　백석으로서는 참으로 어리둥절한 일이 벌어진 사정은 이렇습니다. 딸을 시집보내기로 마음먹은 박경련의 어머니는 백석이 어떤 사람인지 주변에 수소문했다고 합니다. 훌륭한 신랑감이라는 평이 많았지만 백석의 집안에 대해 안 좋은 말들이 들렸습니다. 대부분 잘못된 소문들이었지만 박경련의 어머니는 백석이 사윗감으로 적당하지 않다고 판단하고 다른 이를 물색합니다. 이때 신현중이 나서서 박경련과의 결혼을 청했다고 합니다. 당시 신현중은 약혼이 깨진 상태였습니다. 신현중은 통영에서 학교를 다닌 터라 박경련의 집안에서도 그를 잘 알고 있었고, 신문사 기자라는 번듯한 직업도 있었으니 결혼은 일사천리로 진행되었지요.

　결국 백석의 사랑은 짝사랑으로 그치고 말았습니다. 게다가 가장 아끼던 친구에게 연인을 빼앗긴 셈이 되었으니 백석의 심정은 이루 말할 수 없이 참담했을 것입니다.

## 세상을 버리게 한 사랑의 상처

　뜻하지 않게 친구와 연인을 동시에 잃고 실의에 빠져 있을 무렵, 백석은 모윤숙, 이선희, 노천명, 최정희 등 여류 작가들과 가깝게 지냈다고 합니다. 백석과 그들은 시와 문학에 대한 이야기를 나누면서 친해졌습니다. 그들에게 백석은 문학적 우상과도 같았습니다. 여류 작가들 중에는 백석을 남성으로서 좋아하는 이도 있었지만 연인 관계로 발전하지는 못했지요.

　당대의 내로라하는 여류 작가들을 물리치고 백석의 사랑을 독차지하게 된 것은 함흥에 있던 조선 권번 출신의 기생 김진향이었습니다. 김진향의 아호 '자야(子夜)'도 백석이 지어 준 이름이라고 합니다. 그러나 자야와의 사랑도 순탄치 못했습니다. 1937년 겨울, 백석은 부모의 강권에 의해 고향에서 혼례를 치렀으나 함께 살지 않고 홀로 함흥으로 돌아옵니다. 백석의 결혼 소식을 들은 자야는 여러 고민 끝에 백석을 떠나 서울 청진동으로 거처를 옮깁니다.

　한동안 떨어져 지내던 두 사람의 모진 운명은 한 번 더 되풀이됩니다. 1938년 12월, 백석은 교사직을 사임하고 서울로 돌아와 자야의 청진동 집에서 동거를 시작합니다. 그러나 동거가 시작된 지 얼마 지나지 않아 백석은 두 번째 혼례를 치르게 됩니다. 부모가 자야와의 결혼을 반대하자 함흥 출신의 장정옥과 결혼한 것입니다. 그녀의 고향 집 앞에서 백석이 하숙을 했던 인연으로 맺어지게 되었다고 합니다. 백석의 두 번째 결혼에 충격을 받은 자야는 다시 백석을 떠납니다. 백석이 출장을 간 사이에 다른 곳으로 이사를 가 버린 것이지요. 그리고 자야가 떠난 지 얼마 지나지 않아 백석의 두 번째 결혼도 실패로 끝나고 맙니다. 두 번째 결혼마저 실패한 이유는 자세히 알려져 있지 않지만, 이때까지도 백석은 자야와 결혼 생활 사이에서 한곳에 정착하지 못하고 있었던 것으로 보입니다.

　백석과 자야는 서로 사랑했지만, 현실은 그 사랑을 용납하지 않았습니다. 백석은 또다시 절망했을 것입니다. 이 당시 백석의 내면을 엿볼 수 있는 작품이 「바다」와 「나와 나타샤와 흰 당나귀」라는 작품입니다. 자야는 말년에 남긴 회고록에서 두 작품에 나타난 그리움의 대상이 자신이라고 주장했습니다. 그렇지만 「바다」는 박경련의 결혼 소식을 접한 후 몇 달이 지난 1937년 10월에 발표된 것으로 보아 이 작품에서 '당신'은 박경련일 가능성이 높습니다.

바다

바닷가에 왔더니
바다와 같이 당신이 생각만 나는구려
바다와 같이 당신을 사랑하고만 싶구려

구붓하고 모래톱을 오르면
당신이 앞선 것만 같구려
당신이 뒤선 것만 같구려

그리고 지중지중[*] 물가를 거닐면
당신이 이야기를 하는 것만 같구려
당신이 이야기를 끊는 것만 같구려

지중지중 곧장 나아가지 않고 한자리에서 지체하는 모양

바닷가는

개지꽃에 개지 아니 나오고

고기비늘에 하이얀 햇볕만 쇠리쇠리하야

어쩐지 쓸쓸만 하구려 섧기만 하구려

「바다」는 사랑하는 연인 생각만으로 가득한 심정을 그리고 있습니다. 바다와 같이 그녀를 사랑하고 싶고, 당장이라도 사랑하는 사람이 눈앞에 나타날 듯하지만, 화자는 결국 넓은 바닷가에 쓸쓸히 홀로 놓여 있습니다. 앞서 소개한 「내가 생각하는 것은」에서 백석은 "내가 오래 그려 오든 처녀가 시집을 간 것과/ 그렇게도 살뜰하던 동무가 나를 버린 일을 생각한다"라고 적었습니다. 박경련과 신현중이 결혼하고 난 이후에도 백석은 오랫동안 두 사람을 생각했을 것입니다. 사랑하는 사람을 붙잡지 못한 것을 자책하고 믿었던 친구의 예상치 못한 행동에 분개했겠지요. 그러나 이때까지만 해도 백석은 그저 '쓸쓸하고 서럽다'라는 말로 자신의 심정을 드러내고 있습니다.

반면 부모의 강권에 의한 첫 번째 결혼으로 자야와의 사랑을 이루지 못하던 시절에 발표된 「나와 나타샤와 흰 당나귀」에서 백석은 「바다」와 달리 자신의 사랑을 허락하지 않는 세상에 대한 분노를 드러냅니다.

# 나와 나타샤와 흰 당나귀

가난한 내가
아름다운 나타샤를 사랑해서
오늘밤은 푹푹 눈이 내린다

나타샤를 사랑은 하고
눈은 푹푹 내리고
나는 혼자 쓸쓸히 앉아 소주를 마신다
소주를 마시며 생각한다
나타샤와 나는
눈이 푹푹 쌓이는 밤 흰 당나귀 타고
산골로 가자 출출이 우는 깊은 산골로 가 마가리*에 살자

눈은 푹푹 내리고
나는 나타샤를 생각하고
나타샤가 아닐 올 리 없다
언제 벌써 내 속에 고조곤히* 와 이야기한다
산골로 가는 것은 세상한테 지는 것이 아니다

마가리 오막살이
고조곤히 조용하게

세상 같은 건 더러워 버리는 것이다

눈은 푹푹 내리고
아름다운 나타샤는 나를 사랑하고
어데서 흰 당나귀도 오늘 밤이 좋아서 응앙응앙 울을 것이다

이 작품에서 백석은 자신의 사랑을 용납하지 않는 현실을 버리고 먼 곳으로 떠나고 싶은 마음을 표현하고 있습니다. '나타샤'라는 이국적인 이름과 흰 당나귀가 우는 환상적인 풍경으로 인해 그 먼 곳은 이 세상에 존재하지 않는 이상적인 공간으로 느껴집니다. 자야는 「나와 나타샤와 흰 당나귀」가 자신을 위한 작품이라고 주장했지만, 이에 대해서도 이견이 있습니다. '나타샤'가 박경련이라는 주장도 있고, 당시 백석을 좋아했고 그와 자주 만났던 여류 문인이라는 주장도 있지요. 당시 자야뿐만 아니라 백석을 흠모하는 여류 문인들이 적지 않았는데, 백석은 결국 그들 중 누구와도 사랑을 이루지 못합니다. 어떻게 보면 이 작품의 나타샤는 백석이 사랑했던 모든 여인, 또는 백석이 이상으로서 꿈꾸던 환상 속의 여인으로 보는 것이 적절할 수도 있습니다. 나타샤가 누구인지 굳이 알지 못해도 사랑에 어려움을 겪고 있는 자의 아픈 심정만은 분명히 느낄 수 있기 때문이지요.

그런 까닭인지 「나와 나타샤와 흰 당나귀」는 백석의 시 중에 가장 널리 알려진 작품에 속합니다. 한 번이라도 누군가를 간절히 그

리워한 적이 있는 사람이라면 누구나 이 작품에 공감하게 됩니다. 사랑을 이루지 못하게 하는 현실을 "세상 같은 건 더러워 버리는 것이다"라는 말로 단숨에 내쳐 버리는 결기에 속이 후련해집니다. 그리고 눈이 내릴 때마다 '푹푹'이라는 말을 떠올리게 되지요. 좋은 시는 한 번만 읽어도 시의 구절들이 마음에 들어와 박히고, 굳이 기억해 내려 애쓰지 않아도 그 말들이 입가를 맴돌게 됩니다. 이 작품을 좋아하고 기억하는 사람들이 많은 것도 그러한 까닭일 것입니다.

누군가는 이 작품에서 백석이 왜 하필 '흰 당나귀'를 타고 싶어 하는지 궁금해할 수도 있겠습니다. 「나와 나타샤와 흰 당나귀」를 발표하기 이전부터 백석은 나귀에 관심이 많았습니다. 그는 함흥에 간 지 얼마 안 돼 발표한 「가재미·나귀」라는 수필에서 이렇게 이야기한 적이 있습니다.

옛날이 헐리지 않은 중리(中里)로 왔다. 예서는 물보다 구름이 더 많이 흐르는 성천강이 가깝고 또 백모관봉(白帽冠峰)의 새하얀 눈도 바라보인다. 이곳의 좌우로 긴 회담들이 맞물고 늘어선 좁은 골목이 나는 좋다. 이 골목의 공기는 하이야니 밤꽃의 내음새가 난다. 이 골목을 나는 나귀를 타고 일없이 왔다 갔다 하고 싶다. 또 예서 한 오 리 되는 학교까지 나귀를 타고 다니고 싶다. 나귀를 한 마리 사기로 했다. 그래 소장 마장을 가 보나 나귀는 나지 않는다. 촌에서 다니는 아이들이 있어서 수소문해도 나귀를 팔겠다는 데는 없다. 얼마 전엔 어느 아이가 재래종의 조선말 한 필을

       **백석이 사랑한 이들**

사면 어떠냐고 한다. 값을 물었더니 한 오 원 주면 된다고 한다. 이 좀말로 할까 하고 머리를 기울여도 보았으나 그래도 나는 그 처량한 당나귀가 좋아서 좀 더 이놈을 구해 보고 있다.

당시에도 나귀는 귀하기 어려운 동물이었던 모양입니다. 그런데도 백석은 굳이 나귀가 갖고 싶어 시장을 찾기도 하고 주변에 수소문도 해 봤다고 이야기하고 있습니다. 백석은 나귀를 타고 한가롭게 왔다 갔다 하고 학교에도 다니고 싶어 하지만 나귀를 그런 용도로 부리는 사람은 당시에도 없었습니다. 탈 것이라면 나귀보다 더 나은 것들이 얼마든지 있었으니까요.

예로부터 나귀는 짐을 싣기 위한 동물이었고, 교통수단으로 쓰일 경우에도 주로 신분이 초라한 사람들이 이용했습니다. 어쩌면 그런 이유 때문에 백석은 더 나귀를 타고 싶어 했는지도 모릅니다. 자동차가 오가는 대로보다 좁은 골목이 더 좋다고 말하는 것처럼 백석은 늘 버려지고 소외되고 감추어진 것들에 주목했습니다. 처량한 동물이라서 오히려 백석에게는 나귀가 더욱 소중했습니다. 세상을 버리고 떠나려는 자의 처량한 심정을 알아줄 길잡이로도 나귀는 제격이지요.

그가 처량한 것들에 애정과 연민을 품었다는 사실은 「팔원」이라는 시에서도 확인할 수 있습니다.

팔원(八院)

차디찬 아침인데

묘향산행 승합자동차는 텅하니 비어서

나이 어린 계집아이 하나가 오른다

옛말 속같이 진진초록 새 저고리를 입고

손잔등이 밭고랑처럼 몹시도 터졌다

계집아이는 자성(慈城)으로 간다고 하는데

자성은 예서 삼백오십 리 묘향산 백오십 리

묘향산 어디메서 삼촌이 산다고 한다

쌔하얗게 얼은 자동차 유리창 밖에

내지인 주재소장 같은 어른과 어린아이 둘이 내임을 낸다

계집아이는 운다 느끼며 운다

텅 비인 차 안 한구석에서 어느 한 사람도 눈을 씻는다

계집아이는 걸레를 치고 아이보개를 하면서

이렇게 추운 아침에도 손이 꽁꽁 얼어서

찬물에 걸레를 쳤을 것이다


「팔원」은 1939년 11월 발표된 「서행시초」 연작에 포함된 작품입니다. 이 무렵 백석은 자야와 헤어져 평안북도 지역을 여행했습니다. 백석은 여행 중 어린 소녀와 우연히 마주친 장면을 시로 담아내고 있습니다. 내지인, 즉 일본인 주재소장 집에서 식모살이를 하던

소녀는 북단의 먼 지역으로 혼자 떠나야 하는 신세입니다. 백석은 좀처럼 감정을 드러내지 않고 '차디찬 아침', '밭고랑처럼 터진 손', '쌔하얗게 얼은 유리창' 등의 감각적 표현을 통해 더 열악한 상황으로 내몰린 소녀의 처량한 신세를 환기시키고 있습니다. 또 "텅 비인 차 안 한구석에서 어느 한 사람도 눈을 씻는다"라는 구절을 통해 자신을 객관화시켜 소녀에 대한 연민을 드러내고 있지요. 대부분의 백석 시가 그러한 것처럼 이 작품 역시 직설적으로 감정을 토로하는 것보다 간접적으로 정서를 환기시킴으로써 깊은 울림을 만들어 냅니다.

이 작품에 대한 해석은 엇갈립니다. 시의 후반부에 일본인 집에서 식모살이하는 고통이 표현된 것에 주목해 이 작품을 일제강점기 우리 민족이 겪은 가혹한 상황을 그린 것으로 해석하는 의견이 있습니다. 반면 어떤 이들은 일본인 주재소장이 소녀에게 새 옷을 입히고 가족이 함께 배웅을 하는 것으로 보아 이 작품이 일본인의 모습을 가해자로만 그린 것은 아니라고 보기도 하지요. 두 해석 중 어느 것이 적절한지는 쉽게 판단할 수 없습니다. 백석은 시를 통해 식민 통치의 가혹한 현실에 대한 치열한 저항 의식을 드러낸 적도 없지만, 백석의 시에는 민족적인 것들에 대한 애정 또한 담겨 있기 때문입니다. 다만 이 작품에 고통 받는 약자, 처량한 신세에 놓인 존재들에 대한 그의 연민이 담겨 있다는 사실만은 분명하지요. 말 못하는 나귀마저도 애정 어린 시선으로 바라보았던 백석으로서는 흐느껴 우는 소녀를 외면할 수 없었을 것입니다.

자야는 해방 후 남한에서 '대원각'이라는 고급 음식점을 경영했습니다. 평생 백석을 잊지 못하던 자야는『내 사랑 백석』등의 책을 통해 백석과의 사랑 이야기를 공개하기도 했습니다. 1997년에는 기금 2억 원을 출연해 백석문학기념사업운영위원회를 결성해 매년 백석문학상을 시상하고 있지요. 또한 같은 해에 당시 시가 1,000억 원에 달하던 '대원각'의 건물과 토지를 '길상사'의 절터로 시주하기도 했습니다. 길상사의 초대 주지를 맡은 이가 바로『무소유』라는 책으로 유명한 법정 스님입니다. 평생 백석을 그리워하던 자야는 1999년 숨을 거두었습니다.

　한편 잇달아 사랑에 실패하던 백석은 해방이 되어서야 가정을 꾸렸습니다. 해방을 맞아 고향에 돌아온 백석은 평양음악학교 교사인 문경옥과 결혼했으나 얼마 지나지 않아 이혼하고, 3년쯤 후에 이윤희와 재혼해 3남2녀를 두었다고 합니다. 그리고 한참 시간이 흐른 뒤인 2001년, 백석이 1980년대에 찍은 가족사진이 공개되었습니다. 사진 속에서 백석은 부인과 자녀들 곁에서 희미하게 웃고 있습니다. 이 사진을 보고 있으면 어디선가 흰 당나귀가 '응앙응앙' 우는 소리가 들리는 듯합니다.

# 팬들을 사로잡은 문단의 엄친아

| 모던 보이, 백석 |

'모던 보이'란 1930년대 서울에서 차림새나 생활 방식 등에서 서양의 최신 유행을 따르던 신세대를 가리키는 명칭입니다. 백석도 당시 최고 의 '모던 보이'로 통했습니다. 그가 얼마나 멋쟁이였는지 살펴볼까요?

## 3대 미남 중의 한 사람이었던 백석

화가 정현웅이 백석의 외모를 극찬했던 바가 있듯이, 백석은 사람 들의 인상과 외모를 보는 안목이 남다른 화가들에게 주목의 대상이 되었 던 모양입니다. 나도향의 소설에 삽화를 그려 한국 삽화계의 선구자가 되 었던 화가 안석영 역시 백석의 인상과 외모를 높이 평가했습니다.

문단에서 제일 젊은 시인이요, 또한 미남이다. 머리와 체격과 걸 음걸이와 용모도 이국 풍정을 느끼게 하며, 정열이 대단하고 남유럽 적인 정조를 띠는 이로 그 외모와는 달리 그의 시는 조선적이며 고전 적인 데가 있다. 아직 결혼을 아니 했지만, 연애도 즐겨 하지 않는 모 양이다. 시집 『사슴』을 출판하여 시단에 센세이션을 일으켰다.

화가 정현웅이 그리고 메모한 청년 백석의 모습과 중년 시절의 모습.

안석영 역시 정현웅과 김기림처럼 백석이 외국인처럼 생겼다고 말합니다. 특히 잘생긴 사람이 많다는 스페인이나 이탈리아 사람 같은 느낌이 든다고 말하는 것도 공통적입니다. 외모뿐만 아니라 걸음걸이나 최신식 복장 또한 그러한 느낌을 배가시켰을 것입니다.

당대에 활동한 비평가 김문집은 문단의 대표적인 모던 보이로 백석, 김남천, 이헌구 세 사람을 들었습니다. 김문집은 세 사람이 모던 보이이면서도 각각 특색이 있다며, 백석은 "문학소녀를 동무하는 은좌(銀座: 도쿄의 번화가)의 모던 보이" 같다고 말했습니다. 김남천이나 이헌구가 나이 든 여성들에게 인기가 있는 스타일이었다면, 백석은 젊은 여성들이 동경할 만한 스타일이었다는 것입니다. 요즘으로 치자면 김남천과 이헌구는 '아줌마 팬'이 많은 축이었고, 백석은 아이돌 가수들처럼 '소녀 팬'들이 많은 외모였다는 뜻이지요.

1930년대를 다룬 영화 〈모던보이〉 속 모던 보이로 분한 배우 박해일. 백석의 헤어스타일을 모방했다.

◇◇◇◇◇◇◇ **팬들을 사로잡은 문단의 엄친아**

## 백석 같은 선생님을 만날 수 있다면

백석이 영생고보에 교사로 재직할 때 학생이었던 김희모라는 이는 백석과의 첫 만남을 이렇게 회고했습니다.

1936년 봄 4월 초순 어느 날 오후였다. 수업 시간이 끝나고 5분 동안의 쉬는 시간에 갑자기 아이들이 떠드는 소리에 창밖을 내다보니, 교문을 지나 운동장을 성큼성큼 걸어오는 멋쟁이 신사가 있었다. 2층 창가에서 내다보는 우리들은 저절로 탄성이 나왔다. 본관으로 들어가기 위해 가까이 오는 백석 선생님을 보고 우리는 '저것 보아라, 저것 보아라' 하면서 창문을 열고 '와' 하고 고함을 질렀다.

백석 선생님의 모습은 우리에게는 가히 충격적이었다. 당시에 유행하던 '모던 보이'의 모습으로, 최고의 멋쟁이 그대로였다. 그의 옷차림은 두 줄의 단추가 가지런히 달려 있는 당시 최첨단의 산뜻한 감색 '료마에 더블'이었다. 넥타이도 옆으로 비낀 줄무늬였고, 머리는 뒤로 넘긴 '올백' 형으로 한 폭의 그림 같은 모습이었다. 구두 또한 당시에 귀한 '고도방'이라는 가죽에다 광택을 칠한 초콜릿색 구두였다.

- 『시인 백석2』 중에서

영생고보 교사 시절 영어 강의 중인 백석의 모습.

김희모의 회고를 보면 백석이 얼마나 멋쟁이였는지 짐작할 수 있습니다. 옷차림과 머리 모양도 최신식이었으니, 함흥이란 벽지의 학생들에게는 너무나 충격적인 모습이었겠지요. 김희모는 백석이 교사로서도 훌륭한 능력을 갖추고 있었다고 말했습니다.

> 백석 선생님은 첫 수업 시간부터 우리를 압도했다. 어제 부임해 온 분이 출석부를 옆에 낀 채 보지도 않고 학생들의 이름을 척척 호명하며 우리들을 놀라게 한 사건이 바로 그것이었다. (…중략…) 강의 실력도 전임 선생님들과는 차원이 다른 수준이었으며, 영어 발음 또한 유창해 우리가 평소에 기대하던 일본식 영어 발음이 전혀 아니었다. 특히 백석 선생님의 백묵 글씨는 필기체로 멋들어지게 후려갈기는 것이었는데 굉장히 멋이 있었고, 말씀하시는 하나하나의 문장 그대로가 어떠한 예술적인 힘을 부여하고 있었다.

- 『시인 백석2』 중에서

문예반 지도교사로 학생들과 함께한 백석.

오래 전 기억이라 다 믿을 수는 없다 해도, 백석은 요즘 말로 '엄친아'라고 부를 만큼 다방면에서 뛰어났던 모양입니다. 잘생긴 데다 옷도 잘 입고, 기억력 또한 비상했으며 강의도 잘하고, 필기마저 멋있는 선생님. 아마 이런 선생님이 계시다면 누구라도 아침에 눈을 뜨자마자 학교에 달려가고 싶어지겠지요? ◉

5

맛도 있다는 말이
자꾸 들려서

{ 백석 시에 담긴 음식의 생명력 }

## 여행에는 역시 음식

백석을 이야기하면서 빼놓을 수 없는 것이 음식입니다. 지금까지 확인된 백석의 시 130여 편에는 110여 개가 넘는 음식이 등장합니다. 종류도 무척 다양합니다. 해산물을 재료로 한 음식으로는 반디젓, 무이징게국, 미역국, 명태, 가자미, 대굿국 등이 나오고, 육류를 재료로 한 음식으로는 곰국, 산적, 수육 등이 나옵니다. 인절미, 송편, 백설기, 동치미, 시래깃국처럼 지금 사람들에게도 익숙한 음식이 있는가 하면, 물굴지우림, 둥굴레우림, 기장감주, 오가리, 귀이리차, 섭가락처럼 낯선 음식도 있지요.

백석 이전의 시인들 중에서 음식을 그토록 시에 많이 등장시킨 시인은 없었습니다. 요즘 사람들은 음식에 관심이 많습니다. 맛있다고 소문난 음식점이면 먼 거리를 마다하지 않고 찾아가기도 하고, 건강을 위해 비싼 값을 치르고 유기농 재료들을 구입하기도 하지요. 이에 발맞춰 매스컴에서도 음식과 관련된 정보들을 쉬지 않고 쏟아 내고 있습니다. 그러나 백석이 시를 쓰던 무렵의 사정은 달랐습니다. 먹는 것은 예나 지금이나 중요한 일이므로 음식에 관한

**백석 시에 담긴 음식의 생명력**

근대적 지식이 소개되고는 있었지만, 지금과는 달리 사람들의 주목을 끌지는 못했지요. 더구나 시와 같은 진지한 예술에서 미역국이나 동치미 같은 흔한 음식을 다룬다는 생각은 아무도 하지 못할 때였습니다.

그러한 상황에서 왜 백석은 그토록 많은 음식을 시에 등장시켰던 것일까요? 당시 '모던 보이'와 '모던 걸'들이 열광했던 서양의 음식들도 아니고 어째서 평범한 상차림에 관심을 가졌던 것일까요? 당시 그 이유를 눈치 챈 사람은 비평가 김기림뿐이었습니다. 김기림은 백석의 시집 『사슴』을 극찬하면서 이런 말을 남겼습니다. "그가 가지고 온 산나물은 우리들의 미각에 한 경이임을 잊지 아니 할 것이다." 흔하디흔한 음식들이 대상이었지만, 백석의 시에는 그 음식을 바라보는 새로운 감각이 담겨 있습니다. 또한 음식과 맛이 우리에게 어떤 의미이며, 어떻게 먹어야 하는지 등 음식에 관해 생각할 수 있는 모든 것이 담겨 있지요. 그래서 백석의 시를 읽으면 맛난 음식을 먹었을 때처럼 미각적 쾌감을 느끼게 되고, 자신이 먹고 있는 음식과 식습관에 대해서도 되돌아보게 됩니다. 이는 백석 시가 지금까지도 많은 사람들의 공감을 이끌어 내는 이유 중의 하나이기도 하지요.

백석 시에서 음식은 특히 여행과 관련된 시에 많이 등장합니다. 누구나 낯선 곳을 여행하면 으레 맛난 음식부터 찾기 마련인 것처럼 백석도 마찬가지였던 모양입니다. 그는 여러 곳을 여행하면서 그 기록을 시로 남겼는데, 특히 여러 편의 시를 한데 모아 연작으로 발표한 것이 많습니다. 백석의 첫 번째 연작인 「남행시초」는 박경련을 만나러 세 번째로 통영을 방문했을 때 고성과 삼천포 등 인근 지역에서 보고 느낀 바를 담고 있습니다. 이 연작 중 「고성가도」라는 작품에 '건반밥'이라는 음식이 등장합니다.

고성가도

고성 장 가는 길
해는 둥둥 높고

개 하나 얼린하지 않는 마을은
해바른 마당귀에 맷방석 하나
빨갛고 노랗고
눈이 시울은 곱기도 한 건반밥
아 진달래 개나리 한창 피었구나

가까이 잔치가 있어서
곱디고운 건반밥을 말리우는 마을은
얼마나 즐거운 마을인가

어쩐지 당홍치마 노란 저고리 입은 새악시들이
웃고 살을 것만 같은 마을이다

'건반밥'은 찐 찹쌀을 말려 부수거나 빻은 가루를 말합니다. 건반밥에 꿀이나 조청을 묻혀 산자나 강정을 만들어 먹었다고 합니다. 화자는 고성을 여행하던 중에 건반밥을 말리는 마을을 발견합니다. 마을은 고요하고, 화자의 눈에 비치는 것은 건반밥이 햇볕을 받아 눈부시게 펼쳐져 있는 풍경입니다. 화자는 햇살을 받아 빨갛고 노랗게 말라 가는 건반밥의 모습을 진달래와 개나리가 흐드러지게 피어 있는 모습에 비유하지요.

건반밥은 인간의 손을 거친 음식이므로 문화의 영역에 편입된 것이지만, 화자의 눈에 비친 그것은 진달래나 개나리처럼 여전히 자연의 영역에 놓여 있습니다. 또 '건반밥'은 마을을 즐거움에 휩싸이게 합니다. '건반밥'은 잔치를 기다리는 마을 사람들의 설렘과 기대를 대표하지요. 예로부터 '잔치'라는 것은 모두 인간과 자연의 관계를 재확인하기 위한 제의의 일종입니다. 제의에 사용되는 음식들은 인간과 자연의 경계에서 둘 사이를 매개하는 기능을 담당합니다. 이 작품에서 '건반밥'이 담고 있는 즐거움 또한 인간과 자연이 서로 조화롭게 어울릴 때 생겨납니다.

두 번째 연작인 「함주시초」는 1937년 함흥에서 교사로 근무할 때 함경도 지역을 여행한 기록을 담은 작품입니다. 이 연작 중 「북관」과 「선우사」라는 작품에 음식이 등장합니다.

선우사


낡은 나조반<sup>■</sup>에 흰밥도 가재미도 나도 나와 앉아서
쓸쓸한 저녁을 맞는다


흰밥과 가재미와 나는
우리들은 그 무슨 이야기라도 다 할 것 같다
우리들은 서로 미덥고 정답고 그리고 서로 좋구나


우리들은 맑은 물밑 해정한<sup>■</sup> 모래톱에서 하고 긴 날을 모래알
만 헤이며 잔뼈가 굵은 탓이다
바람 좋은 한 벌판에서 물닭이 소리를 들으며 단이슬 먹고 나
이 들은 탓이다
외따른 산골에서 소리개 소리 배우며 다람쥐 동무하고 자라난
탓이다


우리들은 모두 욕심이 없어 희어졌다
착하디착해서 세괏슨<sup>■</sup> 가시 하나 손아귀 하나 없다
너무나 정갈해서 이렇게 파리했다


나조반 작고 낮은 상
해정한 깨끗하고 단정한
세괏슨 억센


백석 시에 담긴 음식의 생명력

우리들은 가난해도 서럽지 않다
우리들은 외로워할 까닭도 없다
그리고 누구 하나 부럽지도 않다


흰밥과 가재미와 나는
우리들이 같이 있으면
세상 같은 건 밖에 나도 좋을 것 같다


'함주'는 함경남도 함흥시 주변 지역을 가리킵니다. 이 시가 발표된 때는 백석이 박경련의 결혼 소식을 들은 지 몇 달 지나지 않을 무렵입니다. 백석은 그해 9월 〈조선일보〉에 발표된 수필 「가재미·나귀」에서 "그저 한없이 착하고 정다운 가재미만이 흰밥과 빨간 고추장과 함께 가난하고 쓸쓸한 내 상에 한 끼도 빠지지 않고 오른다."라고 적었는데, 「선우사」는 바로 그 혼자만의 쓸쓸한 식사 장면을 담고 있는 작품입니다.

가난과 실연으로 인한 외로움은 음식을 '친구'로 여기게 만듭니다. 화자는 저녁 밥상에 놓인 '흰밥'과 '가재미'를 보며 그들에게 말을 겁니다. 상상 속에서 그들을 불러낸 화자는 자라난 내력, 선한 심성, 욕심 없는 마음씨 등을 병렬적으로 열거하며 그들과 자신의 유사성을 확인합니다. 이는 곧 '반찬 친구'라는 제목에서도 알 수 있듯이 그들을 친구로 호명하기 위한 것이지요.

이 작품의 마지막 행 "세상 같은 건 밖에 나도 좋을 같다"는 이듬해 발표된 「나와 나타샤와 흰 당나귀」의 "세상 같은 건 더러워 버리는 것이다"라는 구절을 떠오르게 합니다. 음식과 대화를 나누며 친구가 되는 것, 흰 당나귀를 타고 산골 오막살이로 떠나는 것, 모두가 환상 속에서 가능한 일이지요. 백석은 계속해서 환상을 통해 현실을 극복하려 하고 있습니다. 이는 백석이 현실에 깊이 절망했으며, 「허준」이라는 작품에서 이야기했던 것처럼 행복한 나라에 살고 싶은 열망이 강했다는 것을 짐작하게 합니다.

북관

명태 창난젓에 고추무거리에 막칼질한 무이를 비벼 익힌 것을
이 투박한 북관을 한없이 끼밀고* 있노라면
쓸쓸하니 무릎은 꿇어진다

시큼한 배척한 퀴퀴한 이 내음새 속에
나는 가느슥히 여진의 살내음새를 맡는다

얼근한 비릿한 구릿한 이 맛 속에선
까마득히 신라 백성의 향수도 맛본다


끼밀고 자세히 맛을 느끼고

**백석 시에 담긴 음식의 생명력**

「함주시초」연작에 들어 있는 「북관」은 알쏭달쏭한 작품입니다. 이 작품에서 백석이 이야기하고 있는 음식은 '창난젓깍두기'인 듯합니다. 창난젓깍두기는 지금도 강원도 지방에서 담가먹는 김치의 일종으로 원래는 함경도 지역의 음식이라고 합니다. 이 작품의 제목이기도 한 '북관'은 함경도를 가리키는 명칭이지요.

음식의 맛은 특정한 장소와 관련을 맺고 있습니다. 맛보는 것도 혀이고 맛에 대해 말하는 것도 혀이며, 맛은 결국 언어를 통해 표현됩니다. 그리고 맛에 대한 말들에는 항상 그 맛의 기원에 대한 말들이 포함되어 있지요. 그것이 어디에서 난 것이고, 누구에 의해 재배되거나 요리된 것인지, 또는 그것을 어디에서 먹는지가 맛의 평가에 영향을 미칩니다. 맛을 결정하는 요소는 그 외에도 더 많지만, 맛을 통해 어떤 장소를 떠올릴 수 있다는 사실은 분명합니다. 그래서 과거에 맛보았던 어떤 음식을 먹는 것은, 과거 자신이 속해 있던 세계를 회복하는 계기가 됩니다. 고향이나 고국을 떠나 있는 사람들이 과거 그곳에서 먹었던 음식을 다시 맛보려는 것도 그러한 이유때문이지요. 맛과 냄새는 부지불식간에 과거의 경험을 온전한 상태로 인식하게 하는 데 기여하고, 그래서 맛은 개인이나 집단의 정체성을 구성하는 주요 요소로 작용합니다.

「북관」에 등장하는 음식 역시 장소와 관련됩니다. 이 작품에서 백석은 북관 특유의 음식인 창난젓깍두기에서 "여진의 살내음새"를 맡고 "신라 백성의 향수"를 맛본다고 말합니다. 그는 창난젓깍두기라는 음식과 관련된 장소로 북관이나 함경도 대신에 신라와 여진을 지목하고 있는 셈입니다. 참으로 독특한 생각이 아닐 수 없습니다. 도대체 그는 왜 그랬던 것일까요?

백석의 초기 시들이 수록된 시집 『사슴』은 주로 유년 시절의 경험을 담고 있습니다. 그러나 자세히 살펴보면 『사슴』에서 중요한 것은 과거라는 시간이 아니라 백석이 어린 시절 경험했던 장소입니다. 『사슴』에는 장소 이름이 제목인 시들이 많습니다. 예컨대 정주성, 주막, 통영, 가즈랑집, 고방, 성외, 광원, 시기의 바다, 창의문외, 정문촌, 여우난골, 삼방 등이 이에 속하지요. 제목이 장소를 가리키지 않는 시들도 풍경을 담고 있는 시들이 대부분이라 어떤 장소와 관련되어 있습니다. 유년 화자의 시선이 담겨 있기 때문에 과거라는 시간이 부각되는 듯하지만, 사실 『사슴』에 담긴 풍경의 시간을 확정할 수는 없습니다. 그것은 백석의 어린 시절인 20세기 초의 풍경일 수도 있고, 19세기나 18세기, 혹은 그보다 더 먼 과거의 풍경일 수도 있지요.

『사슴』 속의 시간은 근대화되기 이전이라는 의미에서 과거일 뿐 특정한 어떤 시기를 가리키지 않습니다. 그는 「목구」라는 시에서 제사에 쓰이는 그릇을 두고 이렇게 노래했습니다. "내 손자의 손자와 손자와 나와 할아버지와 할아버지의 할아버지와 할아버지의 할아버지의 할아버지와…… 수원백씨 정주백촌의 힘세고 꿋꿋하나 어질고 정 많은 호랑이 같은 곰 같은 소 같은 피의 비 같은 밤 같은 달 같은 슬픔을 담는 것 아 슬픔을 담는 것" 이처럼 그가 『사슴』에서 이야기하고 있는 것은 자자손손 살아왔던 어떤 장소와, 그 장소에서 변함없이 지속적으로 펼쳐지고 있는 삶에 관한 이야기입니다. 백석이 사투리에 특히 관심을 보인 것도 그가 시간보다는 장소에 더 관심이 있었다는 사실을 증명하지요. 사투리는 시간이 아니라 특정한 장소를 부각시킵니다. 또한 전설과 같은 옛 이야기, 연중행사 때마다 되풀이되는 독특한 풍속 역시 시간보다는 장소의 특수성을 더 분명하게 드러냅니다.

　『사슴』이후의 시편들도 마찬가지입니다. 앞서 소개한 연작들뿐만 아니라 「산중음」, 「물닭의 소리」, 「서행시초」 등의 연작을 통해서도 그는 그 지역만의 색깔을 시에 담기 위해 애썼습니다. 특히 그의 기행시에서 두드러지는 것은 지역 특유의 음식들입니다. 그의 기행시에는 빠짐없이 음식이 등장하고, 음식은 그 지역 특유의 '맛'을 드러내지요. 1940년 이후 해방 전까지 일제의 강압을 피해 만주에서 생활할 때도 음식과 장소에 대한 그의 집착은 여전했습니다. 이 시기 그는 만주에서 민족의 터전이었던 장소를 탐색하기도 하고, 음식을 통해 고향이라는 장소에 대한 그리움을 피력하기도 했습니다. 이렇듯 그의 모든 시들은 대부분 어떤 시간이 아니라 어떤 장소에 관한 이야기이며, 음식은 그 장소의 성격을 이야기하기 위한 핵심적인 매개이지요. 그는 자신이 음식과 장소에 관해 깊이 고민하고 있다는 사실을 「나와 지렁이」라는 작품을 통해 분명하게 드러내기도 했습니다.

## 나와 지렁이

내 지렁이는

커서 구렁이가 되었습니다

천 년 동안만 밤마다 흙에 물을 주면 그 흙이 지렁이가 되었습니다

장마 지면 비와 같이 하늘에서 내려왔습니다

뒤에 붕어와 농다리의 미끼가 되었습니다

내 이과책*에서는 암컷과 수컷이 있어서 새끼를 낳았습니다

지렁이의 눈이 보고 싶습니다

지렁이의 밥과 집이 부럽습니다

 

이 작품은 시집 『사슴』이 출간되기 전에 발표된 작품으로 백석의 초기작에 속합니다. 이 작품에는 반복과 병렬 등 백석 특유의 기법이 고스란히 담겨 있습니다. 또 시집 『사슴』에 자주 등장하는 설화와 전설의 세계가 담겨 있다는 점에서 백석 시의 이후 향방과도 무관하지 않은 작품이라고 할 수 있지요. 실제로 이 작품은 마치 백석자신의 자화상처럼 보입니다. 컴컴한 땅 속에서 살아가는 지렁이에게는 시각과 청각이 필요 없습니다. 지렁이의 감각기관은 입과 피부뿐입니다. 그래서 지렁이는 맛이나 냄새에 민감한 것으로 알려

이과책 자연과학 책

져 있지요. 맛과 냄새에 민감한 지렁이의 모습은 미각에 유별난 집착을 보였던 백석의 모습을 떠올리게 합니다. 그는 마치 미각만이 존재하는 지렁이처럼 과거와 현재, 인간과 세계를 미각을 중심으로 인식했습니다.

이 작품에서 지렁이에게 의미가 있는 것은 '흙'입니다. 세계의 수많은 신화들에서 신이 흙을 빚어 인간을 창조했다고 말하는 것처럼 백석은 그의 지렁이 역시 흙으로 창조된 것이라고 말합니다. 그런데 백석의 지렁이에게 흙은 그 이상의 의미가 있습니다. 흙은 지렁이의 '밥'인 동시에 '집'이지요. 흙은 지렁이에게 어떤 맛을 내는 음식이면서 생명을 영위하는 삶의 터전이기도 한 것입니다. 백석은 지렁이와 흙의 관계를 통해 '밥'과 '집'이라는 개념을 통합시킵니다. '밥'으로 대표되는 음식에 대한 추구는 곧 '집'이 상징하는 장소에 대한 집착과 같은 것이지요.


## 다양한 장소의 맛을 찾아서

벨과 발렌타인이라는 학자는 '우리는 우리가 먹은 곳이다.(We are where we eat.)'라고 말한 적이 있습니다. 음식이 신체, 가정, 공동체, 도시, 지역, 국가, 세계 등 다양한 장소와 관계된다고 한 것이지요. 백석 시의 음식 역시 다양한 장소와 관계되어 있습니다. 먼저 '신체'라는 장소와 맛이 관련되어 있는 모습은 「절간의 소 이야기」라는 작품에서 확인할 수 있습니다.

절간의 소 이야기

병이 들면 풀밭으로 가서 풀을 뜯는 소는 인간보다 영(靈)해서
열 걸음 안에 제 병을 낫게 할 약이 있는 줄을 안다고

수양산(首陽山)의 어느 오래된 절에서 칠십이 넘은 노장은 이런
이야기를 하며 치맛자락의 산나물을 추었다"

「절간의 소 이야기」는 산 속 깊은 절에서 중을 만난 사연과 그 중
이 들려준 이야기로 구성된 짤막한 작품입니다. 백석은 그 중을 '수
양산'에서 만났다고 말합니다. 여기서 수양산의 의미는 중의적입니
다. 그것은 황해도 해주에 있는 산을 가리키는 이름인 동시에 중국
주나라가 은나라를 멸하자 주나라 곡식을 거부한 채 고사리를 캐먹
다 굶어 죽었다는 백이·숙제가 은거했던 산의 이름이기도 합니다.
수양산이라는 지명과 산나물을 캐는 모습으로 인해 '노장'의 이미
지는 백이·숙제의 이미지와 중첩됩니다. 그들은 모두 사사로운 이
익에 연연하는 세속과 절연하고 고고한 정신적 가치를 추구한다는
점에서 공통적이지요.

　화자를 만난 노장은 절간의 소 이야기를 들려줍니다. 그 소는 영
험해서 자신의 병을 치료할 약을 금세 찾아낸다는 것입니다. 자신

추었다 추렸다

에게 약이 될 풀을 찾는 소의 모습은 다시 노장의 모습과 겹칩니다. 소도 노장도 모두 자신을 치유하기 위해서, 고고한 정신을 지키기 위해서 풀을 뜯습니다. 소와 노장과 백이·숙제의 이미지가 겹치면서 약이 되는 풀은 정신과 육체 모두를 다스리는 음식이 되지요. 결국 그가 수양산의 산나물에서 발견한 맛은 소와 노장과 백이·숙제라는 고고한 존재들의 맛입니다. 그 맛은 한 개인의 정신과 육체가 통합된 어떤 '장소'와 관련됩니다.

「여우난골족」처럼 명절 풍경을 담고 있는 작품들에서도 이러한 특징을 찾아볼 수 있습니다. 「여우난골족」에서 백석은 명절을 맞아 한데 모인 가족, 친지들의 면모를 묘사하는 동시에 수많은 명절 음식을 나열합니다. 가족들의 면모와 맛깔스런 음식들이 병렬적으로 나열되면서 음식은 모든 구성원들이 조화롭게 어울려 있는 가정의 모습을 떠올리게 하지요. '공동체'의 의미를 음식과 연결한 대표적인 작품은 「국수」입니다.


국수


눈이 많이 와서
산엣새가 벌로 내려 메기고
눈구덩이에 토끼가 더러 빠지기도 하면
마을에는 그 무슨 반가운 것이 오는가보다

한가한 애동들*은 어둡도록 꿩 사냥을 하고

가난한 엄매는 밤중에 김치 가재미로 가고

마을을 구수한 즐거움에 싸서 은근하니 홍성홍성 들뜨게 하며

이것은 오는 것이다

이것은 어느 양지귀 혹은 응달쪽 외따른 산옆 은댕이* 예데가
리밭*에서

하룻밤 뽀오햔 흰 김 속에 접시귀 소기름불이 뿌우현 부엌에

산멍에* 같은 분틀을 타고 오는 것이다

이것은 아득한 옛날 한가하고 즐겁던 세월로부터

실 같은 봄비 속을 타는 듯한 여름볕 속을 지나서 들쿠레한*
구시월 갈바람 속을 지나서

대대로 나며 죽으며 죽으며 나며 하는 이 마을 사람들의 의젓
한 마음을 지나서 텁텁한 꿈을 지나서

지붕에 마당에 우물든덩*에 함박눈이 푹푹 쌓이는 여느 하룻밤

아배 앞에 그 어린 아들 앞에 아배 앞에는 왕사발에 아들 앞에
는 새끼사발에 그득히 사리워 오는 것이다


애동들 아이들
은댕이 언저리. 산비탈에 턱이 져 평평한 곳
예데가리밭 오래 묵은 비탈밭
산멍에 산몽애. 큰 구렁이
들쿠레한 들큼하면서 구수한
우물든덩 우물둔덕. 우물 둘레의 작은 둑 모양으로 된 곳


백석 시에 담긴 음식의 생명력

이것은 그 곰의 잔등에 업혀서 길러 났다는 먼 옛적 큰마니[*]가

또 그 집 등새기[*]에 서서 재채기를 하면 산넘엣 마을까지 들렸다는

먼 옛적 큰아바지가 오는 것같이 오는 것이다


아, 이 반가운 것은 무엇인가

이 희수무레하고 부드럽고 수수하고 슴슴한 것은 무엇인가

겨울밤 쩡하니 익은 동치미국을 좋아하고 얼얼한 댕추가루[*]를 좋아하고 싱싱한 산꿩의 고기를 좋아하고

그리고 담배 내음새 탄수 내음새[*] 또 수육을 삶는 육수국 내음새 자욱한 더북한 삿방 쩔쩔 끓는 아르굴[*]을 좋아하는 이것은 무엇인가


이 조용한 마을과 이 마을의 의젓한 사람들과 살뜰하니 친한 것은 무엇인가

이 그지없이 고담(枯淡)하고 소박(素朴)한 것은 무엇인가


큰마니 '할머니'의 방언
집 등새기 집 등성이. 집의 높은 지대
댕추가루 고춧가루
탄수 내음새 목탄으로 국수 삶는 냄새
아르굴 '아랫목'의 방언

이 작품에서 국수를 먹는 일은 마을이란 공동체의 의식입니다. 국수를 기다리는 것은 화자 개인만의 바람이 아닙니다. 국수를 만들기 위해 동치미 국물을 떠 오고 분틀을 돌려 면을 만드는 일로 마을 전체는 "구수한 즐거움"에 휩싸입니다. 이 작품에서 제시되고 있는 모든 감각적 경험들, 이를테면 "부드럽고 수수하고 슴슴한" 느낌, 또 "담배 내음새, 탄수 내음새, 육수국 내음새"와 같은 것들은 온 마을 사람들의 공유물이지요. 그래서 백석은 국수가 "마을의 의젓한 사람들과 살뜰하니 친하다"라고 말합니다. 국수에서는 마을 사람들을 닮은 "고담하고 소박한" 맛이 납니다. 국수에는 그의 정체성 중 일부인 마을이라는 장소의 맛이 담겨 있습니다.

백석 시에서는 도시를 발견하기 어렵습니다. 일본 유학을 다녀왔고 경성에서 기자 생활도 오래 했지만, 그는 도시에 관한 시는 남기지 않았습니다. 그는 도시로 대변되는 문명에 호의적이지 않았으므로 거기에서는 어떤 맛도 발견하지 못했던 듯합니다. 「나와 지렁이」에서 확인한 바와 같이 그는 흙으로 만들어진 삶을 동경했습니다. 근대 도시 문명의 황무지 같은 삶 대신에 인간과 자연이 한데 뒤엉켜 있던 오래된 삶들에 눈길을 보냈지요. 도시에 관해서는 언급하지 않았던 그가 기행시를 통해 도시가 아닌 '지역'의 맛에 관한 이야기만은 빼놓지 않았던 것도 그러한 까닭일 것입니다. 세속과 절연한 채 고고한 정신을 지켜 가는 인물, 명절을 맞아 하나로 통합된 가정, 고담하고 소박한 풍속을 이어 가는 마을, 넉넉하지 않은 생활 속에서도 삶의 온기를 잃지 않는 지역, 그 모든 것이 백석에게는 자신의 정체성을 규정하는 소중한 장소들이었습니다.


## 국수를 생각하는 마음

백석은 여러 음식들 중에서도 특히 국수에 애착을 느꼈던 듯합니다. 「국수」 외에도 백석 시에는 국수가 자주 등장하고, 심지어 그의 시 중에는 '메밀국수 연작'이라고 불릴 만한 것도 있습니다. 원제는 「산중음」 연작으로 함경도를 여행한 후에 발표한 기행시인데, 연작 네 편 중 세 편에 메밀국수가 등장하지요. 이 연작 중에서도 특히 울림이 큰 것이 「산숙」이라는 작품입니다.


산숙


여인숙이라도 국숫집이다

메밀가루 포대가 그득하니 쌓인 윗간은 들믄들믄* 더웁기도
하다

나는 낡은 국수분틀과 그즈런히 나가 누워서

구석에 데굴데굴하는 목침들을 베어 보며

이 산골에 들어와서 이 목침들에 새까마니 때를 올리고 간 사
람들을 생각한다


들믄들믄 더운 느낌이 들면서 둘쿠레한 냄새가 나는 상태

그 사람들의 얼굴과 생업과 마음들을 생각해 본다

 그는 여행 중에 국숫집을 겸하는 여인숙에 묵었던 모양입니다. 백석은 국수를 만드는 분들과 함께 누워 때 묻은 목침들을 바라보며 그 방에서 묵었을 수많은 사람들을 떠올리지요. 끝없이 이어지는 국수 가닥처럼 그의 생각은 그 방에 묵었을 사람들의 얼굴과 생업과 마음들로 이어집니다. 끊어질 듯 끊어질 듯 이어지는 국수 가닥처럼, 얼굴과 생업과 마음도 긴 역사를 관통해 지속됩니다. 어쩌면 역사를 지탱하는 것은 그렇게 가느다랗고 사소한 것들일 것입니다. 산골 벽지를 오가며 좁은 여인숙 방의 목침에 때를 남긴 사람들, 아무도 기억해 주지 않는 이름 모를 사람들이야말로 역사의 주인공들입니다. 천하를 호령하던 영웅도 언젠가는 죽고 휘황찬란한 건축물도 끝내는 퇴색하지만, 얼굴과 생업과 마음만은 유구한 세월이 지나도록 이어져 내려가지요. 사소하지만 질긴 것들의 생명력, 백석이 국수에 그토록 애착을 보였던 것도 바로 그것 때문이었을 것입니다.
 그가 일상의 사소한 것들에 얼마나 애착을 보였고, 그것들에서 깊은 의미를 발견했는지는 「내가 이렇게 외면하고」라는 작품에서도 확인할 수 있습니다. 이 작품은 음식에 대한 그의 애정이 어디서 비롯됐는지도 짐작할 수 있는 작품이지요.

내가 이렇게 외면하고

　내가 이렇게 외면하고 거리를 걸어가는 것은 잠풍 날씨<sup>*</sup>가 너무 좋은 탓이고
　가난한 동무가 새 구두를 신고 지나간 탓이고 언제나 꼭같은 넥타이를 매고 고운 사람을 사랑하는 탓이다

　내가 이렇게 외면하고 거리를 걸어가는 것은 또 내 많지 못한 월급이 얼마나 고마운 탓이고
　이렇게 젊은 나이로 코밑수염도 길러 보는 탓이고 그리고 어느 가난한 집 부엌으로 달재 생선을 진장<sup>*</sup>에 꼿꼿이 지진 것은 맛도 있다는 말이 자꾸 들려오는 탓이다

　이 작품은 단 두 문장으로 구성되어 있습니다. 1, 2연이 각각 한 문장입니다. 이처럼 병렬과 나열에 의해 주어와 서술어 사이의 거리를 늘려 단 몇 개의 문장으로 한 편의 작품을 구성하는 것은 백석 시 특유의 형식 중 하나이지요. 그런데 이 작품에서는 각 문장의 주어부에 해당하는 '내가 이렇게 외면하고 거리를 걸어가는 것은'에서 '외면하고'의 목적어가 생략되어 있습니다. 목적어가 생략됨으

잠풍 날씨 바람이 잔잔하게 부는 날씨
진장 오래 묵어서 진하게 된 간장

　　　　　　　　**백석 시에 담긴 음식의 생명력**

로써 무수히 많은 것들이 그 자리를 차지할 수 있게 됩니다. 마치 전라도 사투리 '거시기'가 모든 말을 대신할 수 있는 것처럼, 생략된 목적어 자리에는 세상 모든 것이 담길 수 있지요. 「나와 나타샤와 흰 당나귀」에서 "세상 같은 건 더러워 버리는 것이다"라고 말할 때의 '세상'이라는 목적어가 여기에서는 생략되어 있는 셈입니다. 그러므로 이 작품에서 말하고자 하는 것은 그가 외면하려고 하는 것들이 무엇인가 하는 것이 아닙니다. 오히려 역으로 그는 세상 모든 것을 외면해야 하는 순간에도 결코 외면할 수 없는 것들이 무엇인가에 대해서 말하고 있습니다. 그것들은 바로 너무나 좋은 날씨, 가난한 동무의 새 구두, 고운 사람, 많지 않은 월급, 코밑수염 기르기, 간장에 지진 생선의 맛 등이지요.

백석은 자신이 좋아하는 생선 요리의 맛을 묘사하면서 간장에 '꼿꼿이' 지진 것이 맛있다고 말합니다. 그가 좋아하는 맛의 이름은 매운 맛, 짠 맛 등이 아니라 '꼿꼿이 지진 맛'이라는 점을 명심할 필요가 있습니다. '꼿꼿하다'는, 물건이 휘거나 구부러지지 않고 단단한 모양, 혹은 기개·의지·태도·마음가짐 따위가 굳센 것을 가리킵니다. 표면적으로 보기에 이 작품에서 '꼿꼿이'는 우선 국물이 다마를 만큼 바짝 지진 모양을 가리키는 말입니다. 동시에 그 말에는 간장에 꼿꼿이 지진 달재 생선을 먹고 자신도 그것처럼 꼿꼿해지기를 바라는 백석의 바람이 담겨 있지요. 그는 바짝 조린 생선처럼 세상 모든 것을 외면하고 가난해져야 하는 순간에도 높고 굳센 마음을 유지할 수 있기를 소망합니다.

이제 다시 「북관」에서 던진 질문으로 돌아가 보겠습니다. 왜 백석은 「북관」이라는 시에서 창난젓깍두기와 관련된 장소로 함경도가 아닌 신라와 여진을 지목하고 있을까요? 그 음식에서 그가 바라는 장소의 맛을 발견했기 때문입니다. 그가 찾고자 했던 것은 단지 함경도라는 지역의 맛에 국한되지 않습니다. 수많은 '장소의 맛'을 탐색한 것은 결국 그가 최종적으로 도달하고자 했던 '나라의 맛'을 찾기 위해서였지요. 여기서 '나라'는 앞서 살펴본 「허준」이라는 작품에서 이야기했던, 풍속과 인정과 말이 좋고 아름다운 나라를 말합니다. 함경도가 한때는 여진의 땅이었고, 또 한때는 신라의 땅이었다는 사실은 그에게 그리 중요하지 않습니다. 그가 찾아 헤맸던 '나라'의 차원에서 생각해 보면 신라와 여진이 다르지 않지요. 신라와 여진은 모두 그 '나라'의 일부로서 존재했던 장소이기 때문입니다.

그렇다면 도대체 백석이 그토록 찾아 헤맸던 그 '나라의 맛'이란 어떤 것일까요? 그는 여러 편의 시를 통해 '밝고, 거룩하고, 그윽하고, 깊고, 맑고, 무겁고, 높은' 것들이 있다고 말합니다. 그것은 바로 그 '나라'를 가득 채웠던 '마음'입니다. 백석 시는 그 마음들이 어디에 어떻게 존재하는가, 그 마음들을 어떻게 인식할 수 있는가에 관해 이야기하려 하는 것이지요. 모든 존재들이 평화롭게 어울려 살아가던 나라는 지도에서 지워졌지만, 그는 오랜 탐색 끝에 그러한 나라의 흔적이 마음을 통해 끈질긴 생명력을 이어 오고 있다는 사실을 깨닫습니다. 그리고 백석이 그 마음들을 가장 선명하게 감지해 내는 것은 바로 음식들입니다.

# 음식에 담긴 마음의 맛

| 백석이 살던 시대의 음식 이야기 |

백석의 시에 등장하는 음식의 종류는 무려 110여 종에 달합니다. 백석은 음식을 다룬 시들을 통해 음식에는 '마음'이 담겨 있으며, 우리가 음식을 통해 진정으로 음미해야 할 것은 '마음의 맛'이라고 말했지요. 백석이 살던 시대의 음식 이야기를 통해 그의 마음을 따라가 봅시다.

## 부자의 음식과 가난한 자의 음식

1925년 1월 4일자 〈동아일보〉에는 당대 최고의 부자와 극빈층의 음식을 비교하는 기사가 실렸습니다. 백인기라는 부자는 수백만 원의 재산을 모은 재력가였는데 그의 아침 식탁에는 '종어'라는 생선이 빠지지 않고 올랐다고 합니다. 종어는 그 맛이 으뜸이라 하여 조기 종(鰷) 대신 으뜸 종(宗) 자를 써 부르기도 했으며 임금님 수라상에도 단골로 올랐던 음식이라고 하네요. 종어의 가격은 한 마리에 무려 30원이었습니다. 당시 30원이 어느 정도 금액이었는지 얼른 감이 오지 않지요? 1932년에 냉면이나 국수 한 그릇이 대략 10전 내

외였다고 하니, 그는 국수 한 그릇보다 무려 300배나 비싼 생선을 매일 아침 먹어 치웠던 셈입니다.

반면 당시 가장 가난한 계층에 속했던 '고학생갈돕회' 소속 학생들의 밥상에 오른 반찬은 콩나물국과 깍두기뿐이었습니다. 일주일에 한두 번이라도 고깃국을 먹자고 마련한 음식이 값싼 비계를 넣어 기름기만 도는 국이었는데, 그마저도 배

학비 마련을 위해 삯바느질을 하고 있는 여자고학생 상조회 회원들. 1924년 〈조선일보〉에 실린 사진.

불리 먹을 수 없었지요. 또 영양을 생각한답시고 국에 고춧가루와 식초를 잔뜩 넣기도 했다는데, 그 국을 먹었더니 수학 문제가 더 잘 풀렸다는 학생들도 있었다네요. 정말 그 국 덕분이었는지는 알 수 없지만 말입니다.

## 나물에 담긴 그 무엇

1934년 〈조선일보〉에 실린 안석영의 그림
'도회남녀와 비타민 ABC'

이번에는 왼쪽에 있는 안석영의 만화를 볼까요? 교외로 산보를 나간 도회 여자가 나물 바구니를 든 아이를 보며 "아이고-이게 나물일세? 비타민 A, B, C, D, E, F가 있는… 흐흐흐 시골이 이래서

좋구만." 하고 말합니다. 남자는 이렇게 답하지요. "참 그렇군. 시골 사람들은 쌀밥을 못 먹고, 소를 부리고도 쇠고기를 못 먹으면서도, 이 비타민을 먹어 오래 살지." 그들에게 나물은 비타민 덩어리이고, 비타민은 보약과도 같습니다. 반면 백석은 「가즈랑집」에서 나물에 대해 이렇게 읊었습니다. "토끼도 살이 오른다는 때 아르대즘퍼리에서 제비꼬리 마타리 쇠조지 가지취 고비 고사리 두릅순 회순 산나물을 하는 가즈랑집 할머니를 따르며/ 나는 벌써 달디단 물구지우림 둥굴네우림을 생각하고/ 아직 멀은 도토리묵 도토리범벅까지도 그리워한다" 백석의 시에서 나물은 이름이 있는 하나의 생명이자 자연입니다. 나물에는 할머니와 함께한 유년 시절의 추억이 고스란히 담겨 있지요. 백석과 안석영은 나물에 담긴 '비타민 덩어리 이상의 그 무엇'을 말하고 싶었을 것입니다.

## 음식의 상품화를 비판하며

백석만큼은 아니더라도 1920~1930년대의 작가들 역시 음식의 가치가 변질되는 시대 현상에 민감했습니다. 이상은 「흥행물천사」라는 시에서 매춘부는 초콜릿으로 화장을 하고, 초콜릿 냄새를 풍긴다고 썼습니다. 수입된 기호품인 '초콜릿'은 유행에 골몰하는 당대의 풍조를 상징하지요.

일제강점기 농민들은 땀 흘려 농사지은 쌀을 수탈당하며 괴롭고 힘든 삶을 살 수밖에 없었다.

현진건의 「운수 좋은 날」에서 '설렁탕'은 아이러니를 통해 아내의 죽음을
더욱 비극적으로 만듭니다. 한쪽에서는 영양의 균형을 위해 편식하지 말
라고 권유하지만 한쪽에서는 끼니조차 잇지 못해 목숨을 잃는 현실을 폭
로하는 장치이기도 했지요.

　　"원래는 사람이 떡을 먹는다. 이것은 떡이 사람을 먹은 이야기다"
로 시작되는 김유정의 단편 「떡」에서도 음식은 빈민의 궁핍한 삶과 연결
됩니다. 우리 민족에게 '떡'은 명절에나 먹을 수 있는 신성한 제물이었습
니다. 그러나 이 작품에서 쌀과 떡은 오히려 사람을 먹는 괴물처럼 묘사
됩니다. 당대 여러 문학인들의 작품에는 이처럼 음식이 본래의 가치를 잃
고 상품으로만 취급되는 근대에 대한 비판이 담겨 있었습니다. ⊙

6

그 드물다는
굴고 정한 갈매나무를
생각하며

{ 하늘이 사랑한 시인 }

### 넓은 벌판에 와서 시 백 편을 얻으리라

1939년 말 혹은 1940년 초, 백석은 잡지 〈여성〉의 편집 일을 다시 그만두고 홀연히 만주로 떠납니다. 백석이 왜 고국을 떠나 만주로 향했는지에 대해서는 여러 설이 있습니다. 당시 백석의 친구들은 그가 여러 번에 걸친 사랑과 결혼의 실패로 인해 모든 것을 버리고 떠났다고 생각했습니다. 남들은 한두 번 겪을까 말까 한 일들을 백석은 숱하게 경험해야 했으니 아픈 과거를 모두 묻고 새롭게 출발하고 싶은 마음도 간절했겠지요.

하지만 백석이 만주로 떠난 데에는 사정이 더 있습니다. 1937년 일제가 중일전쟁을 일으키면서 조선 또한 전쟁의 소용돌이에 휘말리게 됩니다. 중일전쟁은 일본이 군사비 확대로 인한 경제 파탄을 막기 위해 일으킨 전쟁으로, 이후 일제는 1941년 선전포고도 없이 진주만을 공습하면서 미국과도 전쟁을 벌입니다. 뿐만 아니라 연이어 전쟁을 일으키면서 조선에 대한 통제를 더욱 더 강화하지요. 창씨개명, 조선어 사용 금지, 신궁 참배 강요, 조선인 징병제 신설 등 일제 최악의 만행들은 모두 이 시기에 벌어진 일들입니다. 백석의 시 중에도 당시 우리 민족이 겪은 수난을 한 가족의 운명을 통해 담아낸 작품이 있습니다. 바로 『사슴』에 수록된 「여승」이라는 작품입니다.

여승

여승은 합장하고 절을 했다
가지취의 냄새가 났다
쓸쓸한 낯이 옛날같이 늙었다
나는 불경(佛經)처럼 서러워졌다

평안도의 어느 산 깊은 금점판
나는 파리한 여인에게서 옥수수를 샀다
여인은 나어린 딸아이를 때리며 가을밤같이 차게 울었다

섶벌같이 나아간 지아비 기다려 십 년이 갔다
지아비는 돌아오지 않고
어린 딸은 도라지꽃이 좋아 돌무덤으로 갔다

산꿩도 섧게 울은 슬픈 날이 있었다
산절의 마당귀에 여인의 머리오리가 눈물방울과 같이 떨어진
날이 있었다

이 작품은 여느 백석 시와는 매우 이질적입니다. "쓸쓸한", "서러워졌다", "울었다", "섧게 울은 슬픈 날", "눈물방울" 등 감정을 직접적으로 노출하는 시어들이 많습니다. 또 '같이'와 '처럼'을 활용한 직유법도 빈번하게 등장합니다. 이는 감정을 절제하거나 간접적으로 드러내고, 직유보다는 은유를 구사하는 백석의 다른 시들과는 매우 다른 모습입니다. 그래서 어떤 이들은 이 작품이 백석의 초기 시라서 습작기의 소박한 모습이 나타난다고 평가하기도 하지요.

그런데도 이 시가 어느 정도 수준을 유지하고 있는 것은 시간적 순서를 재배치함으로써 긴 이야기를 짧게 압축하고 있는 구성 때문입니다. 화자와 여인은 두 번 만납니다. 첫 번째 만남을 그리고 있는 2연을 보면 여인은 나이 어린 딸아이와 함께 옥수수를 팔고 있었습니다. 이유는 알 수 없으나 여인의 남편은 가족을 버려둔 채 집을 나가 버렸지요. 십 년을 기다려도 남편은 돌아오지 않았고, 그사이 딸아이는 숨을 거두고 말았습니다. 가족을 모두 잃게 된 여인은 속세를 단념하고 여승이 됩니다.

마지막 4연을 보면 여인이 여승이 되기 위해 머리를 자르던 날의 풍경이 묘사되고 있습니다. 이는 화자가 직접 목격한 것은 아니지만, 화자는 여인의 출가가 자발적인 선택에 의한 것이 아님을 알고 있기 때문에 여인이 지독한 슬픔을 느꼈을 것으로 상상하고 있지요. 두 번째 만남은 1연에서 제시됩니다. 화자는 여승의 모습에서 여인을 기억해 내고 연민과 비애를 드러냅니다.

가족이 해체되는 가혹한 운명으로 인해 여승이 된 사연은 소설로 써도 모자랄 정도로 긴 이야기일 수 있습니다. 그러나 시는 그러한 이야기를 최대한 압축해서 짧게 표현해야 합니다. 백석은 긴 이야기를 전달하기 위해 효과적인 세 장면, 즉 두 번의 만남과 한 번의 상상만을 제시합니다. 또 세 장면의 시간 순서를 재배치해 여인이 겪은 삶의 비극성을 시상이 전개될수록 강조하는 방식으로 구성하고 있지요. 그래서 몇 장면만을 제시하고 있는 짧은 시인데도 긴 이야기가 담겨 있는 것처럼 느껴지게 됩니다.

이 작품에서도 역시 백석은 일본 제국주의에 대한 저항 의식을 직접적으로 표출하거나 민족이 겪는 수난의 원인을 뚜렷하게 제시하지는 않습니다. 또 이 작품은 시대적 배경을 고려하지 않고 읽으면 가혹하고 기구한 운명에 대한 연민과 비애를 읊은 것으로 이해할 수도 있습니다. 도무지 어찌할 수 없는 운명으로 인해 기구한 삶을 살아가야 하는 사람은 요즘도 흔히 목격할 수 있으니까요. 그러나 일제강점기라는 시대적 배경을 고려한다면 이 작품 속 여승의 삶은 당시 우리 민족이 경험했던 참담한 현실을 대변한다고 할 수 있습니다. 일제의 억압과 경제적 고난으로 인해 가족이 해체되는 일이 비일비재했던 것이 당시 현실이었기 때문입니다.

문인들의 상황도 위태위태했습니다. 1940년 8월에 〈동아일보〉와 〈조선일보〉가 폐간된 데 이어 이듬해 봄에는 문예지 〈문장〉도 폐간되면서 작가들의 창작 환경은 크게 위축되었습니다. 일제에 협력하는 글을 쓰거나 절필하는 것, 당시 조선의 작가들이 선택할 수 있는 것은 둘 중의 하나밖에 없었지요. 그러므로 백석의 만주행은 자유로운 창작이 불가능한 환경을 벗어나려는 방편이기도 했습니다. 백석은 후에 정인택에게 보낸 편지에서 "이 넓은 벌판에 와서 시 한 백 편 얻어가지고 가면"이라고 만주로 떠난 이유를 설명하기도 했습니다.

만주 신징(新京, 지금의 창춘)에 자리를 잡은 백석은 만주국 국무원 산하의 경제부에서 잠시 근무합니다. 만주국은 일제가 1931년에 만주사변을 일으킨 후 그다음 해에 중국 만주 지역에 세운 괴뢰국가입니다. 신징이 수도였고, 청나라의 마지막 황제인 푸이가 통치자였지만 일제의 꼭두각시에 불과했지요. 그의 경력과는 거리가 멀었고 일제의 시선을 피할 수 없는 자리였지만, 백석은 생계를 꾸리기 위해 무슨 일이든 하지 않을 수 없었습니다.


## 북방에서 찾은 민족의 과거

만주국 경제부에 일하면서 백석은 주로 통역, 농촌 현지 답사, 농촌 실태 조사 등을 담당했다고 합니다. 그 와중에도 그는 토머스 하디의 장편 소설 『테스』를 번역해 출간하고, 「수박씨, 호박씨」와 「북방에서」 등의 시를 발표하는 등 여전히 글쓰기를 이어 갑니다. 특히 「북방에서」에는 백석이 만주에서 새롭게 얻은 깨달음이 녹아 있습니다.

북방에서 - 정현웅에게

아득한 옛날에 나는 떠났다
부여를 숙신을 발해를 여진을 요를 금을
흥안령을 음산을 아무우르를 숭가리를
범과 사슴과 너구리를 배반하고
송어와 메기와 개구리를 속이고 나는 떠났다

나는 그때
자작나무와 이깔나무의 슬퍼하던 것을 기억한다
갈대와 장풍의 붙들던 말도 잊지 않았다
오로촌이 멧돌을 잡아 나를 잔치해 보내던 것도
쏠론*이 십릿길을 따라 나와 울던 것도 잊지 않았다

나는 그때
아무 이기지 못할 슬픔도 시름도 없이
다만 게을리 먼 앞대로 떠나 나왔다
　그리하여 따사한 햇귀*에서 하이얀 옷을 입고 매끄러운 밥을
먹고 단샘을 마시고 낮잠을 잤다

쏠론 중국 동북 지방에 거주하는 소수 민족
햇귀 해가 비치는 지역

밤에는 먼 개 소리에 놀라 나고

아침에는 지나가는 사람마다에게 절을 하면서도

나는 나의 부끄러움을 알지 못했다


그동안 돌비는 깨어지고 많은 은금보화는 땅에 묻히고 까마귀

도 긴 족보를 이루었는데

이리하여 또 한 아득한 새 옛날이 비롯하는 때

이제는 참으로 이기지 못할 슬픔과 시름에 쫓겨

나는 나의 옛 하늘로 땅으로—나의 태반으로 돌아왔으나


이미 해는 늙고 달은 파리하고 바람은 미치고 보래구름"만 혼

자 넋 없이 떠도는데


아, 나의 조상은 형제는 일가친척은 정다운 이웃은 그리운 것

은 사랑하는 것은 우러르는 것은 나의 자랑은 나의 힘은 없다 바

람과 물과 세월과 같이 지나가고 없다


이 작품에는 '정현웅에게'라는 부제가 붙어 있습니다. 정현웅은
당시 최고의 삽화가로 명성이 자자했는데, 백석과는 〈조선일보〉에
근무하면서 가까워졌습니다. 앞서 이야기했듯이 백석의 프로필을


보래구름  작게 흩어져 떠도는 구름

그리면서 '조각처럼 아름답다'라고 말한 이가 정현웅입니다. 그런데 후에 정현웅은 백석의 모습을 한 번 더 그리게 됩니다. 월북한 정현웅은 1957년 출간된 백석의 동화시집 『집게네 네 형제』의 장정과 삽화를 담당하게 됐는데, 이 책에는 정현웅이 그린 백석의 스케치가 실려 있습니다. 그림 속에서 백석은 바바리코트를 입고 양손을 다소곳이 포갠 채 먼 곳을 응시하고 있지요. 백석이 북한에서 아동문학에 헌신했던 것처럼 정현웅 역시 아동화와 아동용 도서의 삽화를 많이 그렸습니다. 두 사람은 여러 면에서 뜻이 맞는 친구였던 모양입니다. 백석이 머나 먼 만주에서 정현웅을 떠올린 것도 그들의 우정이 남달랐기 때문일 것입니다.

절친한 친구에게 보내는 형식을 취하고 있는 이 작품에서 백석은 민족의 역사라는 거대한 이야기를 다루고 있습니다. 여기서 '나'는 일인칭 화자 자신이자, 민족 또는 조상 전체를 대표하는 '우리'이기도 합니다. 그래서 이 작품에는 두 개의 이야기가 겹쳐 있지요. 그 하나는 우리 민족이 삶의 터전을 떠나 이리저리 유랑했던 역사적 이야기이고, 또 하나는 개인인 '나'가 태반, 즉 우리 민족의 기원이 되는 곳을 찾아 떠돌던 이야기입니다. 이중적인 '나'를 사용함으로써 백석은 자신의 개인적 삶과 민족의 역사를 하나로 통합하고 있습니다.

이 작품을 보고 있으면 투박한 사투리나 과거의 풍물들에 대한 백석의 관심을 단순히 '복고 취향'으로 단정할 수 없다는 사실을 확인할 수 있습니다. 요즘에는 젊은 시절의 문화를 회상하는 '복고 문화'가 유행입니다. 한때는 '7080'이라는 말이 유행하더니, 요새는 1990년대 문화가 주목받고 있습니다. 아마 이 책을 읽는 여러분들이 성인이 되었을 때쯤에는 '응답하라 2014'와 같은 드라마가 만들어질지도 모르겠네요. 또 그때도 사람들은 'TV쇼 진품명품'과 같은 프로그램을 보면서 과거의 풍물들을 골동품처럼 대할 것입니다.

백석은 과거의 풍물을 골동품으로 여기지 않았습니다. 과거의 풍물을 골동품으로 여기는 것은 그것에 담긴 과거의 역사와 문화보다는 그것이 얼마나 희귀한지를 따지는 것입니다. 사람들이 골동품의 가치를 숫자로 표시되는 가격에서만 찾으려 하는 것도 그러한 이유 때문입니다. 반면 「북방에서」를 보면 백석은 민족의 기원과 역사에 관해 생각하고 있습니다. 한반도 주변에 거주했던 옛 종족의 이름을 나열하는 것을 보면 그가 우리 역사에 관해 깊은 지식을 보유하고 있었다는 것을 알 수 있지요. 민족의 역사와 문화에 대한 깊은 지식과 애정이 그를 과거의 풍물들로 이끌었습니다. 그에게 사투리와 과거의 풍물들은 골동품이 아니라 민족의 역사와 문화를 찾기 위한 흔적과 같은 것이었습니다.

이 작품에서 백석은 우리 민족의 역사를 슬프게 기록하고 있습니다. 삶의 터전을 떠나게 된 '나'의 삶은 '부끄러움'이라는 단어로 집약되지요. 역사가 진행될수록 고귀한 것들은 땅에 묻히고 슬픔과 시름은 깊어 갑니다. 슬픔과 시름을 이기기 위해 '나'는 민족의 유랑이 시작된 최초의 지점을 찾아갑니다. "나는 나의 옛 하늘로 땅으로—나의 태반으로 돌아왔으나"라는 구절은 백석이 만주로 떠난 사연을 짐작케 합니다. 또한 우리는 그 말에서 백석이 사투리나 과거의 풍물들에 집착한 이유 역시 헤아릴 수 있습니다. 과거의 행복했던 시대에서 우리가 왜 멀어졌는지 알아내고, 현재의 슬픔과 시름을 이겨 낼 방도를 찾는 것이 바로 그 이유라고 백석은 이야기하고 있지요.

그가 찾던 옛 하늘과 땅에서는 모든 종족이 하나로 평화롭게 공존할 수 있었습니다. 인간과 인간뿐만 아니라 인간과 자연도 교감할 수 있었습니다. "범과 사슴과 너구리를 배반하고/ 송어와 메기와 개구리를 속이고 나는 떠났다"거나 "자작나무와 이깔나무의 슬퍼하던 것을 기억한다"라는 구절에서 그러한 사실을 확인할 수 있지요. 그러한 시대를 추구했던 것은 백석의 이전 시에서도 마찬가지였습니다. 앞서 「모닥불」, 「여우난골족」, 「조당에서」 등을 분석하면서 언급했듯이, 이 작품에도 모든 민족이 하나로 평화롭게 공존할 수 있었던 과거의 행복했던 시대에 대한 열망과 함께 그러한 시대에 사는 것이 불가능하게 되었다는 비극적 감정이 담겨 있습니다. 「북방에서」는 백석의 초기 시부터 지속되어 온, 과거의 행복했던 시대에 대한 열망이 가장 웅대한 규모로 펼쳐진 작품입니다.


## 가난하고 외롭고 높고 쓸쓸하니

1941년 백석은 만주국 경제부를 사임하고 측량 보조원, 측량 서기, 소작인 등의 일로 생계를 이어 갑니다. 그가 직장을 그만두게 된 데에는 여러 사정이 있었던 것으로 추정됩니다. 당시 만주국에서도 조선인 직원에게는 창씨개명을 요구했기 때문에 직장을 박차고 나왔다는 설도 있고, 경제부 일이 고되고 적성에 맞지 않아 그만두었다는 설도 있지요. 1942년 백석은 만주의 안동(安東, 지금의 단둥)에서 새 직장을 얻습니다. 수출입 물자를 단속하고 관세를 매기는 세관 업무였습니다. 이 무렵 백석의 정서가 담겨 있는 작품이 「흰 바람벽이 있어」입니다.

　　흰 바람벽이 있어


　　오늘 저녁 이 좁다란 방의 흰 바람벽에
　　어쩐지 쓸쓸한 것만이 오고 간다
　　이 흰 바람벽에
　　희미한 십오 촉 전등이 지치운 불빛을 내어던지고
　　때 글은 다 낡은 무명셔츠가 어두운 그림자를 쉬이고
　　그리고 또 달디단 따끈한 감주나 한 잔 먹고 싶다고 생각하는
　내 가지가지 외로운 생각이 헤매인다
　　그런데 이것은 또 어인 일인가
　　이 흰 바람벽에
　　내 가난한 늙은 어머니가 있다
　　내 가난한 늙은 어머니가
　　이렇게 시퍼러둥둥하니 추운 날인데 차디찬 물에 손을 담그고

무이며 배추를 씻고 있다

또 내 사랑하는 사람이 있다

내 사랑하는 어여쁜 사람이

어느 먼 앞대 조용한 개포*가의 나지막한 집에서

그의 지아비와 마주 앉아 대굿국을 끓여 놓고 저녁을 먹는다

벌써 어린것도 생겨서 옆에 끼고 저녁을 먹는다

그런데 또 이즈막*하여 어느 사이엔가

이 흰 바람벽엔

내 쓸쓸한 얼굴을 쳐다보며

이러한 글자들이 지나간다

　―나는 이 세상에서 가난하고 외롭고 높고 쓸쓸하니 살아가도
록 태어났다

그리고 이 세상을 살아가는데

내 가슴은 너무도 많이 뜨거운 것으로 호젓한 것으로 사랑으로
슬픔으로 가득 찬다

그리고 이번에는 나를 위로하는 듯이 나를 울력*하는 듯이

눈질을 하며 주먹질을 하며 이런 글자들이 지나간다

　―하늘이 이 세상을 내일 적에 그가 가장 귀해하고 사랑하는
것들은 모두

개포 강이나 내에 바닷물이 드나드는 곳
이즈막 얼마 전부터 이제까지에 이르는 가까운 때
울력 여러 사람이 힘을 합하여 일함. 또는 그런 힘

**175**
　　　　　　　　　　　　　　　　　　하늘이 사랑한 시인

가난하고 외롭고 높고 쓸쓸하니 그리고 언제나 넘치는 사랑과
슬픔 속에 살도록 만드신 것이다
　　초생달과 바구지꽃과 짝새와 당나귀가 그러하듯이
　　그리고 또 '프랑시스 잠'과 도연명과 '라이너 마리아 릴케'가 그
러하듯이


　「흰 바람벽이 있어」는 백석의 시 가운데 가장 널리 알려진 작품
중 하나입니다. 이 시를 읽고 있으면 쓸쓸해지기도 하고 위로를 받
기도 하지요. 백석의 시는 담담한 척하면서 은근히 사람을 흔들어
놓는 매력이 있습니다. 이 작품에서 백석은 당시 자신이 처한 곤궁
한 형편을 털어놓고 있습니다. 좁고 누추한 방이 그의 거처입니다.
희미한 전등의 지친 불빛과 낡은 옷가지가 화자의 가난을 드러내고
있지요. '바람벽'은 추위를 막기 위해 방을 둘러막은 벽을 말합니다.
가족이나 연인과 떨어져 느끼는 극심한 외로움과 쓸쓸함이 바람벽
에 이런저런 환상을 불러일으킵니다. 어머니 그리고 결혼한 연인에
대한 환상은 화자의 쓸쓸함을 한층 더 심화시키지요.
　그러나 쓸쓸함만을 피력하는 데 그쳤다면 이 시의 울림은 크지
않았을 것입니다. 화자는 바람벽에서 자신의 운명을 읽어 내며 지
극한 쓸쓸함에 의미를 부여합니다. 이 작품에서 '바구지꽃'은 백석
자신의 표상과도 같은 것입니다. 백석은 「야우소회」라는 시에서
"나의 정다운 것들 가지 명태 노루 뫼추리 질동이 노랑나비 바구지
꽃 모밀국수 남치마 자개집세기 그리고 천희(千姬)라는 이름이 한

없이 그리워지는 밤이로구나"라고 노래하기도 했습니다. 그것은 '초생달, 짝새, 당나귀, 프랑시스 잠, 도연명, 라이너 마리아 릴케'와 함께, 가난하고 외롭고 높고 쓸쓸한 것이지요. '가난하고 외롭고 높고 쓸쓸한'이라는 말은 백석이 자신의 운명을 규정하는 언어들이 었습니다. '바구지꽃'이 표상하는 가난하고 외롭고 높고 쓸쓸함은, 「국수」에서 이야기하는 '고담하고 소박함'과 다르지 않습니다. 그 것은 모두 백석이 지향하고자 하는 고고한 정신이라는 점에서 매한 가지이지요. 그는 지독한 가난과 외로움 속에서도 그러한 정신으로 자신을 지키면서 시인으로서의 자존심을 잃지 않고 있었습니다.

1945년 8월 15일, 드디어 우리 민족은 간절히 바라던 해방을 맞이했습니다. 귀국 후 고향 정주에 머무르던 백석은 1946년 조만식 선생의 통역 비서를 맡아 은사의 일을 거듭니다. 남북이 분단될 기미가 보였지만, 백석은 자신이 젊은 시절을 보냈던 서울 대신 고향과 은사를 선택하지요. 결국 1948년 불행하게도 남과 북은 각각 단독 정부를 수립하면서 분단을 맞습니다. 그해 10월 백석이 남한에서 발표한 마지막 시 한 편이 〈학풍〉이라는 잡지에 게재됩니다. 바로 작고한 문학평론가 김현 선생이 "한국 시가 낳은 가장 아름다운 시 중의 하나다."라고 격찬한 「남신의주유동박시봉방」입니다.


남신의주유동박시봉방


어느 사이에 나는 아내도 없고, 또,

아내와 같이 살던 집도 없어지고,

그리고 살뜰한 부모며 동생들과도 멀리 떨어져서,

그 어느 바람 세인 쓸쓸한 거리 끝에 헤매이었다.

바로 날도 저물어서,

바람은 더욱 세게 불고, 추위는 점점 더해 오는데,

나는 어느 목수네 집 헌 삿을 깐,

한 방에 들어서 쥔을 붙이었다.[*]

이리하여 나는 이 습내 나는 춥고, 누긋한 방에서,

낮이나 밤이나 나는 나 혼자도 너무 많은 것같이 생각하며,

질옹배기[*]에 북덕불[*]이라도 담겨 오면,

이것을 안고 손을 쬐며 재 위에 뜻없이 글자를 쓰기도 하며,

또 문밖에 나가지도 않고 자리에 누워서,

머리에 손깍지베개를 하고 굴기도 하면서,

나는 내 슬픔이며 어리석음이며를 소처럼 연하여 쌔김질하는

것이었다.

내 가슴이 꽉 메어 올 적이며,

내 눈에 뜨거운 것이 핑 괴일 적이며,

또 내 스스로 화끈 낯이 붉도록 부끄러울 적이며,

나는 내 슬픔과 어리석음에 눌리어 죽을 수밖에 없는 것을 느

쥔을 붙이었다 잠시 머물 집을 정했다
질옹배기 질흙으로 빚은, 둥글넓적하고 아가리가 벌어진 작은 그릇
북덕불 짚이나 풀 등이 뒤섞여 엉클어진 뭉텅이로 피운 불

끼는 것이었다.

그러나 잠시 뒤에 나는 고개를 들어,

허연 문창을 바라보든가 또 눈을 떠서 높은 천정을 쳐다보는 것인데,

이때 나는 내 뜻이며 힘으로, 나를 이끌어 가는 것이 힘든 일인 것을 생각하고,

이것들보다 더 크고, 높은 것이 있어서, 나를 마음대로 굴려 가는 것을 생각하는 것인데,

이렇게 하여 여러 날이 지나는 동안에,

내 어지러운 마음에는 슬픔이며, 한탄이며, 가라앉을 것은 차츰 앙금이 되어 가라앉고,

외로운 생각만이 드는 때쯤 해서는,

더러 나줏손˝에 쌀랑쌀랑 싸락눈이 와서 문창을 치기도 하는 때도 있는데,

나는 이런 저녁에는 화로를 더욱 다가끼며, 무릎을 꿇어 보며,

어느 먼 산 뒷옆에 바위 섶˝에 따로 외로이 서서,

어두워 오는데 하이야니 눈을 맞을, 그 마른 잎새에는,

쌀랑쌀랑 소리도 나며 눈을 맞을,

그 드물다는 굳고 정한 갈매나무라는 나무를 생각하는 것이었다.


나줏손 저녁 무렵
바위 섶 바위 옆


**하늘이 사랑한 시인**

'유동(柳洞)'은 신의주 남쪽에 있는 동네 이름이고, '박시봉(朴時逢)'은 사람 이름입니다. 이 작품에서는 화자가 세들어 산 집주인의 이름입니다. '방'은 편지에서 세대주나 집주인의 이름 아래 붙여 그 집에 거처하고 있음을 나타낸 말입니다. 마치 편지 봉투의 발신인 주소 같은 이 제목의 의미는 '남신의주 유동에 있는 박시봉 집에서'라는 뜻이지요.

이 작품은 「흰 바람벽이 있어」와 유사한 면이 있습니다. 먼저 사랑하는 가족과 떨어져서 쓸쓸하고 고단하게 살아가는 운명을 고백하는 목소리가 닮았습니다. "어느 사이에"라는 첫 구절은 「흰 바람벽이 있어」의 "어쩐지"와 마찬가지로 자신의 의지와는 상관없이 진행되는 가혹한 운명을 단적으로 드러내는 말이지요. 그러나 「흰 바람벽이 있어」의 화자가 그러했던 것처럼 이 작품의 화자 역시 체념과 자책에 머무르지 않고 운명에 맞서는 삶의 자세를 나직하면서도 굳세게 드러냅니다.

이 작품에도 백석의 다른 시에서도 자주 등장하는 "크고 높은 것"이 나옵니다. 어떤 이들은 이것이 운명을 의미한다고 해석합니다. 그런데 이렇게 해석하면, 눈을 맞는 '갈매나무'와 맞물려 이 시는 고단한 운명을 묵묵히 견디려는 수동적 자세를 드러낸 작품으로 읽히게 됩니다. 물론 인간이 어찌할 수 없는 가혹한 운명을 묵묵히 견디는 것 또한 때로는 감동스러운 일입니다. 얄궂은 운명이 내리는 조그마한 시련에도 삶을 쉽게 포기해 버리는 이들에 비하면 의연하게 눈을 맞이하는 갈매나무의 자세를 유지하는 것도 쉽지 않은 일이지요. 이 작품이 많은 비평가들로부터 격찬을 받고 널리 읽히는 것도 그러한 이유 때문입니다. 「나와 나타샤와 흰 당나귀」가 사랑의 상처가 있는 이라는 누구나 공감할 수 있는 보편적 정서를 담고 있는 것처럼, 이 작품 역시 가혹한 운명으로 인해 절망한 적이 있는 이들이라면 누구나 백석의 담담하고 의연한 말투에 고개를 끄덕이고 위로를 얻게 합니다.

그런데 백석이 이전의 시들을 통해서 크고 높은 '마음'을 탐색해 왔다는 사정을 고려하면, "크고 높은 것"을 바로 그 '마음'이라고 해석해도 될 듯합니다. 크고 높은 것이 "나를 마음대로 굴려 가는 것"이라는 표현은 가혹한 운명의 힘을 표현하고 있다기보다는, 크고 높은 '마음'들을 향한 적극적인 탐색의 과정을 표현한 것으로 읽을 수도 있습니다. 또한 자신의 그간 행로가 크고 높은 '마음'들을 찾아 나선 것이었다는 자긍심으로 인해 백석은 가혹한 현실을 견뎌 내는 갈매나무에 자신을 동일시할 수 있게 되었다고 볼 수도 있지요.

이렇게 생각하면 백석에게 운명이란 그저 수동적인 체념이나 무조건 견뎌야만 하는 어떤 것이 아닙니다. "가난하고 외롭고 높고 쓸쓸하니" 살아가는 길을 받아들이되, 그것이 "언제나 넘치는 사랑과 슬픔 속에 살도록 만드신 것이다"라며 긍정하고 운명의 한복판으로 적극적으로 뛰어드는 것, 백석에게 운명이란 그런 것이었습니다.

하늘이 사랑한 시인

## 그 이름이 백석인 것을

분단 이후 백석은 북한에서 서정시보다는 동화시와 동시 등 아동문학에 주력했습니다. 1957년 백석은 북한 최초의 동화시집 『집게네 네 형제』를 발간했고, 1961년에는 동시집 『우리 목장』을 발간했습니다. 이외에도 그는 그림책, 번역 동화시집, 평론 등 1960년대 초까지 10여 년간 집중적으로 아동문학과 관련된 다양한 활동을 펼치지요.

북한에서 백석이 왜 서정시보다는 아동문학에 매진했는지에 대해서는 여러 의견이 있습니다. 어떤 이들은 자유로운 창작이 불가능한 북한의 상황 때문에 백석이 아동문학에서 창작의 활로를 모색하려 했다고 봅니다. 동화시는 꿈과 상상력, 전통 등을 활용할 수 있다는 점에서 백석이 서정시에서 추구했던 바와 통하는 점이 있으니까요. 또 어떤 이들은 해방 이전의 백석 시에 나타나는 '동심 지향성'이 그가 아동문학으로 나아간 원인이 되었다고 봅니다. 그의 시집 『사슴』에는 유년 화자가 자주 등장하고, 『사슴』 이후의 시들에서도 그는 어린아이를 대상으로 여러 편의 시를 남긴 바 있습니다.

여러 추론이 있지만, 자료가 많지 않아 정확한 이유를 밝히기는 어려운 상황입니다. 다만 해방 이전부터 백석은 동시에 관심이 있었던 것으로 보입니다. 백석이 쓴 시 가운데는 그가 어린이의 마음을 잘 헤아리고 그들의 눈높이에 맞춰 글을 쓰는 능력이 있었다는 것을 짐작하게 하는 작품들이 있습니다. 그런 짐작을 뒷받침하는 시가 「『호박꽃 초롱』 서시」라는 작품입니다.

# 『호박꽃 초롱』 서시

하늘은
울파주*가에 우는 병아리를 사랑한다
우물돌 아래 사는 도루래*를 사랑한다
그리고 또
버드나무 밑 당나귀 소리를 임내 내는* 시인을 사랑한다


하늘은
풀 그늘 밑에 삿갓 쓰고 사는 버섯을 사랑한다
모래 속에 문 잠그고 사는 조개를 사랑한다
그리고 또
두툼한 초가지붕 밑에 호박꽃 초롱 혀고 사는 시인을 사랑한다


하늘은
공중에 떠도는 흰 구름을 사랑한다
골짜구니로 숨어 흐르는 개울물을 사랑한다
그리고 또
아늑하고 고요한 시골 거리에서 쟁글쟁글 햇볕만 바라는 시인

---

울파주 '울바자'(갈대 수수깡 따위로 엮어서 울타리에 쓰는 바자)의 방언
도루래 '땅강아지'의 방언
임내 내는 흉내 내는

을 사랑한다

하늘은
이러한 시인이 우리들 속에 있는 것을 더욱 사랑하는데
이러한 시인이 누구인 것을 세상은 몰라도 좋으나
그러나
그 이름이 강소천인 것을 송아지와 꿀벌은 알 것이다


이 작품은 강소천의 동시집 『호박꽃 초롱』에 실려 있는 서시입니다. 강소천은 백석이 함흥에서 교사로 근무할 때 가르쳤던 제자입니다. 후에 그는 남한에서 동요, 동시, 동화 등 아동문학에서 뚜렷한 족적을 남긴 훌륭한 작가가 됩니다. 1963년 강소천이 타계하자 '소천아동문학상'이 제정되어 오늘에 이를 만큼 아동문학계에 미친 그의 공로는 지대했습니다. 1941년 발간된 『호박꽃 초롱』은 그런 강소천의 첫 동시집이자 해방 이전까지 발간된 두 권의 동시집 가운데 하나입니다. 강소천은 뜻깊은 동시집을 발간하면서 스승 백석에게 서시를 부탁했고, 백석은 동시집에 어울리는 서시를 써 주었습니다.

동시집의 첫머리에 실린 작품답게 이 작품은 시어가 평이하고 단순한 반복으로 구성되어 있습니다. 각 연마다 하늘이 사랑하는 사소하지만 아름다운 자연물들을 나열하고, 그 자연물들과 함께 살아가는 시인 또한 하늘이 사랑하는 대상이라고 노래하고 있지요. 마지막 연을 보면 백석이 강소천을 얼마나 아꼈는지 느낄 수 있습니다. 강소천이 하늘이 사랑하는 시인이라는 것을 세상은 몰라도 송아지와 꿀벌은 알 것이라는 백석의 말은 동시를 쓰는 제자에게 보내는 최고의 찬사가 아닐 수 없습니다.

제자와 어린이에 대한 애정과 함께 이 작품에서는 시인에 대한 백석의 생각도 엿볼 수 있습니다. 그는 꾸밈없는 자연과 함께 살아가는 맑고 참된 존재야말로 시인이라고 말합니다. 시인은 사소하고 연약한 것들에도 어린아이처럼 따뜻한 눈길을 보내는 사람입니다. 비정한 세속과는 거리를 두고 하늘과 자연을 닮으려는 사람이지요. 이는 「흰 바람벽이 있어」에서 이야기한 시인의 운명, 즉 "가난하고 외롭고 높고 쓸쓸하니 그리고 언제나 넘치는 사랑과 슬픔 속에 살도록 만드신 것이다"와 다르지 않습니다. 그러므로 이 작품에서 '강소천'을 '백석'으로 바꾸어 읽어도 좋을 듯합니다. 하늘이 사랑하는 시인, 이제는 세상이 다 알게 된 시인, 그 이름이 백석입니다.

1959년 백석은 양강도 삼수군 관평리에 있는 국영협동조합으로 내려가 농사를 짓게 됩니다. 당시 북한은 '현지 파견 사업'이라는 명목으로 많은 작가를 공장과 농촌으로 보냈습니다. 이에 대해 어떤 이들은 백석이 체제 찬양을 강요하는 북한 당국에 의해 숙청된 것으로 보기도 합니다. 반면 최근의 연구에서는 백석이 농촌으로 내려간 것은 '은둔 내지 귀농'으로 보아야 하며, 그 이후에도 백석은 창작과 문학 교육을 통해 문학에 대한 열정을 계속 실천하려 했다고 보기도 하지요. 아마 통일이 되고 난 후에야 그에 관한 모든 것이 밝혀질 수 있을 것입니다. 1962년 이후 백석의 창작 활동은 중단됩니다. 1995년 백석은 84세의 나이로 숨을 거두었다고 합니다.

지금까지 백석의 생애와 시에 대해 살펴보았습니다. 어떤 시는 그 당대에만 읽히기도 합니다. 요즘 읽으면 낡게만 보여서 감흥이 없는 경우도 있지요. 반면 어떤 시는 오랜 시간이 흘러도 깊은 울림을 낳습니다. 누구나 공감할 만한 내용을 담고 있거나 요즘 시대에 더 절실한 것들을 노래하기 때문입니다. 그러한 내용이 지금 읽어도 참신하고 아름다운 언어와 빛나는 문장 안에 담겨 있다면 감동은 배가 됩니다. 백석의 시가 그렇습니다. 세기가 바뀔 만큼 시간이 흘렀지만 그의 시를 찾는 사람은 더 늘어만 가고 있지요.

백석의 시에는 감동적인 구절들이 수두룩하지만, 그중에서도 저는 「허준」에 나오는 "사람은 모든 것을 다 잃어버리고 넋 하나를 얻는다"라는 구절을 특히 좋아합니다. 백석이 삶과 시를 통해 추구했던 것이 간명하게 압축되어 있다고 생각하기 때문입니다. 특히 요즘 들어 모든 것을 다 얻고도 넋 하나만은 잃어버린 사람들이 갈수록 늘어나고 있는 것 같아 더욱 각별한 느낌이 듭니다. 여러분은 어떠신가요? 어떤 구절이 마음에 꽂혔나요? 설사 아직 찾지 못했더라도 실망하지 마세요. 미처 다 소개하지 못한 보물 같은 시들이 있으니까요. 여러분이 이 책을 읽고 백석의 시집을 사고 싶은 마음이 들었으면 좋겠습니다.

[1] 아래 글은 백석의 시집 『사슴』에 대한 평가입니다. 이 글에서 '회고' 대신에 '발견'이라는 말을 쓰고 있는 이유는 무엇인지, 1930년대의 현실에서 백석은 왜 '동화적 세계'와 '신화적 세계'를 '발견'하려 했을지 생각해 보세요.

> 『사슴』의 세계는 공동체의 풍요로움을 간직한 고향과 그 풍요로움이 파괴된 고향을 동시에 전개시키고 있다. 이러한 사실은 백석 시가 단순히 회고적 취미나 의고적 경향에 의해 고향의 모습을 재현하는 것이 아님을 말해 주는 것이다. 그에게 있어서 고향의 공동체적 풍요로움은 회고되는 것이라기보다 '발견'되는 것이며, 이러한 '발견'이야말로 시적 작업의 중요한 측면을 이루는 것이다.
>
> 고향의 풍요로움에 대한 발견은 주로 동화적 세계와 신화적 세계에 의해 이루어지고 있다. 동화적 세계는 지금까지 지속되어 온 고향 마을의 '이야기'를 전승받은 한 유년기적 자아에 의해 형성된다. 그것은 유년기적 자아가 중심이 되어 펼쳐 가는 화해로운 의인화의 세계이다. 한편 신화의 세계는 고향 마을의 삶들이 계속적으로 쌓여 오면서 형성된 집단적 축제와 습속 등이 스며 있는 세계의 신성성의 발현이다. 동화적 세계는 이러한 신화적인 세계를 배워 가며 그 안에서 커진다.
>
> - 신범순, 「백석의 공동체적 신화와 유랑의 의미」, 『한국 현대시사의 매듭과 혼』, 민지사, 1992

[2] 아래 글은 백석 시의 기법에 대한 설명입니다. 이 글에서 사례로 제시된 시들을 읽어 보고, 백석 시에 나타나는 '이미지즘'의 요소를 찾아보세요.

인간 행위 즉 서술이 중심이 된 계열이든, 풍물이나 자연의 사물 스케치가 중심이 된 계열이든 백석의 모든 시는 시적 대상으로 하나의 상황을 제시한다. 그러므로 그 형상화 방식이라는 측면에서 백석의 시들은 또한 모두 '묘사'의 기법을 원용했다고 볼 수도 있다. 그런데 인간이 행위가 된 서술의 묘사보다는 풍물이나 풍경 묘사가, 풍물이나 풍경 묘사보다는 사물 묘사가 더 쉽게 압축될 수 있다. 그것은 대상을 하나의 상황으로 묘사함에 있어 사물보다는 풍경이나 풍물이, 풍경이나 풍물보다는 인간의 행위가 더 많은 정보량을 지니고 있기 때문이다. 실제로 백석의 시에서 인간의 행위를 묘사한 시는 길고, 사물을 묘사한 시는 짧으며, 풍물을 묘사한 시는 그 중간에 자리한다.

그런데 사물을 대상으로 그 묘사를 압축시키고자 할 때 가장 효과적인 것은 이미지나 은유로 제시하는 방법이다. 그 결과 그의 사물시들은 인간 행위나 풍물을 대상으로 한 것과는 전혀 다른 스타일의 시, 즉 이미지 중심의 농축된 단시들을 지향하게 된다. 우리는 그와 같은 과정의 정점에서 흔히 지적되고 있는 바 「비」, 「흰 밤」, 「초동일」, 「청시」, 「산비」, 「노루」, 「야우소회」, 「멧새소리」 등 그의 '이미지즘' 시들을 만난다.

- 오세영, 「떠돌이와 고향의 의미 – 백석론」, 『한국현대시인연구』, 월인, 2003

[3] 아래 글은 백석 시에 나타난 표현 기법의 특징에 대해 설명한 글입니다. 백석 시에서 이 글에서 이야기하고 있는 특징이 나타난 부분을 찾아보고, 그러한 특징이 어떤 효과를 낳고 있는지 생각해 보세요.

백석은 거의 모든 작품에서 소재를 열거해 가고 있다. 특히 음식 이름, 놀이, 인물들의 외모에서부터 사건의 추이나 풍물의 묘사에 이르기까지 열거는 확장된다. 그리고 이 열거는 대개의 경우 시구상의 대립 구조로 나타나기 마련이며 그 대구와 열거가 결합되어 미묘한 운율감을 자아낸다. (…중략…) 그의 시에 사용된 비유법은 거의가 직유인데 백석만큼 직유로 일관한 시인도 한국 시사에서는 드물 것이라 생각된다. 그런데 그 직유 역시 세련된 비유가 아니라 거의 일상어가 되어 버린 관용적 표현이거나 어딘가 어울리지 않는 어색한 느낌을 주는 것들로서 보조관념은 토속적 사물이 대부분이다. (…중략…) 백석의 시에는 많은 의성어, 의태어가 사용되고 있다. 그는 의성어와 의태어를 구사하여 토속적 풍경의 생생한 현장감을 전달하고자 했다. 이것은 토착어를 폭넓게 구사하여 현장감을 불러일으킨 것과 동궤의 것으로 볼 수 있다. 그의 방언 사용은 그때까지 시어로 활용되지 않았던 지방어를 시의 중심부로 끌어올려 활용함으로써 토속적 현장감을 불러일으키는 한편 1930년대 시가 보여 주지 못했던 독특한 질감을 시에 부여하는 데 성공했다. 이것은 김소월의 평북 방언 사용, 김영랑의 호남 방언 사용의 수준을 훨씬 뛰어 넘어서는 적극적인 방법론의 소산이라고 판단된다.

— 이숭원, 『백석 시의 심층적 탐구』, 태학사, 2006

[4] 아래 글은 백석의 시 「수라」입니다. 백석의 다른 작품과 달리 이 작품에는 감정 표현이 여럿 등장합니다. 그러한 표현들이 어떤 정서를 나타내고 있는지 생각해 보세요. 또 자신의 경험 중에서 이 작품에 나타난 것과 비슷한 경험은 무엇이었는지 떠올려 보세요.


    거미 새끼 하나 방바닥에 내린 것을 나는 아무 생각 없이 문밖으로 쓸어 버린다
    차디찬 밤이다

    어느젠가 새끼 거미 쓸려 나간 곳에 큰 거미가 왔다
    나는 가슴이 짜릿한다
    나는 또 큰 거미를 쓸어 문밖으로 버리며
    찬 밖이라도 새끼 있는 데로 가라고 하며 서러워한다

    이렇게 해서 아린 가슴이 식기도 전이다
    어데서 좁쌀알만 한 알에서 가제 깨인 듯한 발이 채 서지도 못한 무척 적은 새끼 거미가 이번엔 큰 머리 없어진 곳으로 와서 아물거린다
    나는 가슴이 메이는 듯하다
    내 손에 오르기라도 하라고 나는 손을 내어미나 분명히 울고불고 할 이 작은 것은 나를 무서우이 달아나 버리며 나를 서럽게 한다
    나는 이 작은 것을 고이 보드라운 종이에 받아 문밖으로 버리며
    이것의 엄마와 누나나 형이 가까이 이것의 걱정을 하며 있다가 쉬이 만나기나 했으면 좋으련만 하고 슬퍼한다

[5] 아래 글은 백석의 시 「목구」와 산문 「슬픔과 진실」의 일부입니다. 두 글을 참고하여 백석에게 '슬픔'이란 감정은 어떤 의미가 있는지 생각해 보세요.

　귀신과 사람과 넋과 목숨과 있는 것과 없는 것과 한 줌 흙과 한 점 살과 먼 옛조상과 먼 훗자손의 거룩한 아득한 슬픔을 담는 것

　내 손자의 손자와 손자와 나와 할아버지와 할아버지의 할아버지와 할아버지의 할아버지의 할아버지와…… 수원백씨 정주백촌의 힘세고 꿋꿋하나 어질고 정 많은 호랑이 같은 곰 같은 소 같은 피의 비 같은 밤 같은 달 같은 슬픔을 담는 것 아 슬픔을 담는 것

- 「목구」 중에서

높은 시름이 있고 높은 슬픔이 있는 혼은 복된 것이 아니겠습니까. 진실로 인생을 사랑하고 생명을 아끼는 마음이라면 어떻게 슬프고 시름차지 아니하겠습니까. 시인은 슬픈 사람입니다. 세상의 온갖 슬프지 않은 것에 슬퍼할 줄 아는 혼입니다. "외로운 것을 즐기는" 마음도, 세상 더러운 속중(俗衆)을 보고 "친구여" 하고 부르는 것도, "태양의 등진 거리를 다 떨어진 병정 구두를 끌고 휘파람을 불며 지나가는" 마음도 다 슬픈 것입니다. 이렇게 진실로 슬픈 정신에게야 속된 세상에 가득 찬 근심과 수고가 그 무엇이겠습니까. 시인은 진실로 슬프고 근심스럽고 괴로운 탓에 이 가운데서 즐거움이 그 마음을 왕래하는 것입니다.

- 「슬픔과 진실 - 여수 박팔양 씨 시초 독후감」 중에서

[6] 아래 글은 백석과 다른 시인을 비교한 글입니다. 여러분도 백석의 시를 자신의 관점에서 다른 시인의 시와 비교해 보세요.

정지용의 시에는 명편이 주는 눈부심이 있어요. 명장이 수려하게 빚어낸 단아하고도 견고한 미학이 근대시를 배우는 학생들에게 반드시 경험되어야 할 세계이지요. 이러한 눈부신 명편의 위의는 그의 후기 시까지 이어집니다. 가령 『백록담』 시편까지도 다 그렇지요. 그런데 정지용에게 가장 빈곤한 부분이 바로 백석의 득의의 영역이라는 겁니다. 그게 좀 감각적으로 말씀드리면, 가슴을 '먹먹하게' 하는 게 없다는 겁니다. 산뜻하고 눈부시고 대상과 일정한 거리감을 가지면서 다가오는 정지용 음역의 눈부심은 가슴을 먹먹하게 하고 텍스트를 한동안 놓고 쓸쓸한 자기 동일시의 시간을 갖게 하는 감동의 시간을 허락하지 않습니다. 그런데 백석은 후기의 거의 모든 시편이 명장이 빚은 아름다운 수공예품이라는 생각은 안 들 정도로 투박하지만, 그 안에는 그 사람의 삶의 진정성을 전해 주는 놀라운 힘이 담겨 있어요. 그게 정치적 삶도 아니고 미학적 삶도 아닌, 일상적인 삶까지 다 전해 오는 힘을 가지고 있어요. 이건 서정주에게도 없는 거예요. 그래서 일급 텍스트로서 놀라운 대중적 가능성을 갖고 있다고 생각하는 거예요.

– 유성호, 「좌담: 풍부하고 찬란한 언어의 향연」, 『백석 시 읽기의 즐거움』, 서정시학, 2006

| 1912 | 평안북도 정주에서 출생. 본명은 백기행. |
| 1919 | 3·1 만세운동, 대학민국임시정부 수립. |
| 1924 | 오산학교 입학. |
| 1930 | 〈조선일보〉에 단편소설「그 모(母)와 아들」로 등단. |
|      | 〈조선일보〉의 장학생으로 선발되어 동경의 아오야마학원 |
|      | 에서 영문학을 공부함. |
| 1934 | 졸업 후 귀국해 조선일보사에 입사. 여성지 〈여성〉편집. |
| 1935 | 〈조선일보〉에 시「정주성」을 발표하며 시인으로도 등단. |
|      | 시사잡지 〈조광〉 편집. |
| 1936 | 시집 『사슴』 출판. 조선일보사를 사직하고 함흥의 영생고보에 |
|      | 영어 교사로 부임. |
| 1938 | 영생고보를 그만두고 서울로 올라와 활동. |
| 1939 | 다시 〈여성〉의 편집 일을 하다가 만주로 떠남. |
|      | 만주국 국무원 경제부에서 근무. |
| 1942 | 만주의 단둥 세관에서 일함. |
| 1945 | 광복 후 38선을 기점으로 남북이 갈라짐. |
|      | 해방 이후 신의주를 통해 고향으로 돌아옴. |

**1948** 남한에 대한민국이, 북한에 조선민주주의인민공화국이 수립됨.

**1950** 한국전쟁 발발.

**1956** 「동화문학의 발전을 위하여」를 비롯, 아동문학에 관한 글을 발표하기 시작함.

**1957** 동화시집 『집게네 네 형제』 출간.

**1959** 국영협동조합으로 내려가 양치기 일을 함. 그동안 전혀 발표하지 않았던 시를 쓰기 시작함.

**1962** 북한 문화계 전반에 내려진 복고주의에 대한 비판과 연관되어 창작 활동을 중단함.

**1995** 사망한 것으로 추정.

학창 시절의 백석     영생고보 교사 시절     말년의 백석